KB271810

THE
TOWER
OF BABEL
바벨의 탑
FANTASY FRONTIER SPIRIT
푸른 하늘 장편 소설

바벨의 탑 2

푸른 하늘 장편 소설

초판 1쇄 찍은 날 § 2012년 12월 21일
초판 1쇄 펴낸 날 § 2012년 12월 28일

지은이 § 푸른 하늘
펴낸이 § 서경석

편집부장 § 권태완
편집책임 § 박우진
디자인 § 이혜정

펴낸곳 § 도서출판 청어람
등록번호 § 제1081-1-89호
등록일자 § 1999. 5. 31
어람번호 § 제1-1512호

주소 § 경기도 부천시 원미구 심곡2동 163-2 서경B/D 3F (우) 420-822
전화 § 032-656-4452팩스 § 032-656-4453
http://www.chungeoram.com
E-mail § chungeorambook@daum.net

ISBN 978-89-251-3116-0 04810
ISBN 978-89-251-3114-6 (세트)

바벨의 탑

THE TOWER OF BABEL
FANTASY FRONTIER SPIRIT

푸른 하늘 장편 소설

2

복수를 위한 걸으로

CONTENTS

Chapter 01
마지막

천천히 발걸음을 옮겨 앞장선 진운은 검을 잡고 있는 손에 힘이 들어갔다.

사실 마지막 문이라고 했지만, 문 너머에 뭐가 있는지는 레이나도 모르고 있었다.

거기다 마지막 문을 열기 위해서 문으로 스며들었던 론이 더 이상 나타나지 않고 있기도 했다.

—…….

레이나도 론이 갑자기 사라져 버리는 사태는 예상하지 못했는지 조용히 당황하고 있었다.

그 모습을 본 진운은 필시 레이나도 전부 아는 것은 아니라는 짐작을 했다.

그래서 문 안으로 들어오자마자 진운이 앞장서서 걸어가고 있는 것이다.

기습이나 갑작스런 공격에는 아무래도 마법사인 레이나보다 마스터인 진운이 확실히 대처하기 편하고 안전했다.

레이나도 그런 진운의 판단을 따랐다.

저벅저벅, 저벅저벅.

그렇게 두 사람이 어느 정도 안으로 들어왔을 때,

쿠르르르르룽!!

콰쾅!! 쾅!!

갑자기 열려 있던 문이 저절로 닫혀 버렸다.

뿌연 먼지를 피워 올리면서 잠깐 동안 시야를 어둡게 했다.

잠시 기다리자 곧 먼지가 가라앉았다.

하지만 가라앉은 먼지 너머로 보이는 육중한 문의 모습에 진운은 실망하는 눈빛을 감출 수가 없었다.

지금까지 한번 열린 문은 결코 다시 닫힌 적이 없다. 그렇지만 이 문은 통과하자마자 닫혀 버리고 말았다. 만약에 다시 돌아가려 해도 그럴 수 없게 된 것이다.

레이나의 눈동자가 잠깐 흔들렸다. 그러나 그녀는 곧 고개를 돌렸다.

─진운, 우린 앞으로 가야 한다. 그건 잊지 않았겠지?

냉정하리만큼 빠르게 상황을 판단하는 레이나의 말에 진운도 동의했다.

레이나의 말대로 이제 와서 문이 열려 있다고 해서 되돌아갈 생각은 추호도 없었다.

여기까지 온 마당에 오직 전진만이 남아 있을 뿐이니 말이다.

하지만 심리적으로 뒤의 문이 열려 있는 것과 닫혀 있는 것은 너무나도 다르게 다가왔다.

뭐랄까, 배수의 진을 치고 적을 상대로 움직이는 느낌이랄까?

"그렇긴 하지."

진운도 닫혀 버린 문에는 미련을 버리기로 했다.

몸을 돌려 정면을 바라보면서 가볍게 호흡을 고르기 시작했다.

지금 이 호흡법은 진운이 레이나에게 배운 호흡법에서 약간 진화한 형태였다.

사실 이건 레이나가 가르쳐 준 것이 아니다. 오로지 진운이 필요에 의해서 억지로 만들어냈다고 할 수 있었다.

물론 이 호흡법을 진운이 레이나에게 말한 적이 없으니 레이나는 모르고 있었다.

“후우, 읍.”

가볍게 숨을 들이마시면서 내부의 마나를 온몸에 퍼뜨리는 것이 지금 진운이 개발한 호흡법의 목적이다.

그 이유는 호흡법을 이용해서 마나를 사용하는 만큼 현재 진운의 능력은 거의 일인군단이라는 말이 어색하지 않을 만큼 강했다.

하지만 그런 진운에게도 치명적인 단점이 있었는데, 그건 바로 경험이다.

아무리 강하고 천재적인 능력을 가지고 있다고 해도 경험이 부족하면 그만큼 어떤 상황이 벌어지는 것에 대해 반응하는 것이 느리거나 아예 잘못된 선택을 할 가망성이 높다는 것이다.

그건 진운이 스스로도 잘 알고 있었다.

특히나 드래곤과의 싸움을 앞두고 있던 상황에서 경험이 부족하다는 것은 치명적인 단점일 수도 있었다.

레이나는 이곳에 머물면서 마지막 문까지 홀로 사투를 벌였던 경험이 있다.

그렇지만 진운은 그런 레이나와 달리 이제 진검을 잡은 지 1년도 채 되지 않은 완전 초짜다.

이곳에 오기 전 사람을 검으로 죽여본 적도 없고 무언가 베어본 적도 없다.

그만큼 진운은 스스로 레이나에게 짐이 되고 있다고 생각했고, 그 생각만큼 모두 진운 스스로에게 부담으로 되돌아온 것이다.

그러던 와중에 오러 드릴을 완성하면서 마나를 언제든지 사용할 수 있도록 미리 시동을 걸어놓으면 어떻게 될까 하는 생각을 하게 되었다.

사실 이 아이디어는 겨울에 차를 미리 예열하여, 어느 정도 엔진 온도가 올라가면 차에 그만큼 부담이 적고 안전해진다는 것에서 착안한 것이다.

곧바로 진운은 호흡법에서 그 실마리를 찾기 시작했고, 그러길 얼마 되지 않아 생각보다 쉽게 찾아내게 되었다.

진운은 마스터가 마나를 어떤 경로를 통해 사용하는지, 어떤 체계를 가지고 있는지 전혀 모르고 있기에 스스로 마나를 탐지하고 찾아다녀야 했다.

오히려 이런 무식함이 마나를 사용하는 과정에서 미리 모든 것을 배운 이들이 갖게 되는 고정관념을 없애 버렸다.

그만큼 자유로운 사고방식이 가능한 것이다.

"후우, 움."

언뜻 보기에는 편하게 숨을 쉬는 것 같지만 지금 진운이 하는 호흡법은 마나를 끌어들이기 위해 사용하는 호흡법에서 시작 부분만 따온 것이다.

즉, 진운의 몸 안에 마나만 활성화시켜서 외부에서 마나와 공명을 일으켜 마나를 끌어당기기 바로 직전 단계에서 멈춘 형태였다.

한마디로 지금 진운은 어떤 상황이라도 마나를 사용할 수 있도록 스스로 진화한 것이다.

"그냥… 홀인가?"

진운과 레이나가 한참을 걸어서 도착한 곳은, 돌로 만든 자그마한 제단처럼 보이는 것 하나만 달랑 있는 둥근 형태의 홀이었다.

홀이라고 해서 크기가 크진 않지만 적어도 20명 이상의 사람이 모일 수 있을 만한 크기인 것을 보면 작진 않은 크기다.

그런데 문제는 오로지 일직선으로 뚫려 있는 길을 따라 도착한 곳이 막다른 곳이라는 것이다.

―…….

레이나도 지금의 상황에 당황하고 있었다.

'젠장, 어째 쉽게 풀리는 게 하나도 없네.'

사실 진운도 그 빌어먹을 드래곤만 처리하면 곧바로 이곳을 벗어날 줄 알았다.

레이나가 확신하고 있었으니 말이다.

그런데 웬걸, 막상 들어와 보니 허름한 돌로 만든 제단 하나가 덩그러니 놓여 있는 사방에 문은커녕 작은 환풍구 하나 보이지 않는 막다른 곳이었으니 짜증이 날 수밖에 없었다.

그렇다고 또 있는 그대로 짜증을 부릴 수도 없었다.

지금까지 어떤 상황에서도 결코 흔들리는 법이 없던 레이나가 동요하는 게 진운의 눈에도 보일 정도였으니 말이다.

이 상황에 진운까지 짜증난다고 성질대로 했다가는 정말 무슨 일이 벌어질지 몰랐다.

'나 참, 그러나저러나 멀쩡한 것도 신기하네.'

이런 상황에도 진운은 자신의 마음이 편안하다는 것이 이상했다.

짜증은 짜증이지만, 그에 비해서 놀라울 만큼 정신은 평정을 유지하고 있었다.

그토록 논리적이고 냉정했던 레이나의 눈동자가 심하게 흔들리는 모습과 대조적으로, 진운은 유심히 주변을 관찰하며 길을 연구하고 있으니 말이다.

거기다 진운의 눈동자에는 레이나와 달리 흔들림이 전혀 없었다.

'마나 때문인가? 아니면 내가 마스터가 되어서 그런가?

스스로도 냉정하게 자신을 관리하면서 주변을 살펴볼 여유가 있다는 것이 신기하기만 했다.

하지만 레이나는 그와 많이 달랐다.

―없어. 예상대로 마지막 문이었어.

작게 중얼거리지만 이미 마나를 활성화한 상태인 진운의
귀에는 모두 들렸다.

"레이나."

진운은 아무래도 이대로 레이나를 가만히 두기에는 불안
하다는 판단에 벽을 손으로 만지면서 꼼꼼히 살피는 레이나
를 강제로 끌고 홀의 중앙으로 이동했다.

―어떻게… 넌 동요를 하지 않을 수 있지?

지금까지와 완전 반대의 상황이 벌어지자 레이나가 오히
려 진운이 이처럼 편안한 상태인 것이 궁금한 모양이다.

"몰라."

―…….

"정말 몰라. 우선 침착하자고 머릿속으로 생각했더니 그다
음부터 이렇게 몸과 마음이 편안해졌어."

진운은 말하는 동안에도 레이나를 똑바로 쳐다봤다.

그리고 그런 진운의 눈동자를 가만히 바라보던 레이나는
슬며시 입꼬리가 올라가더니,

―후후훗, 내가 너에게 배우게 되는군.

"뭘~ 어차피 우리는 동료 아니야? 서로 믿고 등을 맡길 수
있는 동료 말이야."

―그래, 그렇지. 미안하다. 못난 꼴을 보였다.

씨익~

레이나가 다시 흔들림 없는 눈동자로 평소의 무표정하면서 냉소적인 모습으로 돌아오자, 진운은 슬며시 입가에 미소를 지었다.

현재 누가 뭐라고 해도 진운과 레이나 중 리더는 레이나였다.

물론 개인적인 무력은 진운이 더 높다.

하지만 본래 무력만으로 모든 것을 해결할 수는 없는 법이다.

특히나 이런 바벨의 탑이라는 특이한 장소에서는 그동안 이곳에서 지냈던 경험이 풍부한 레이나가 진운에게는 절대적인 버팀목인 것이다.

그런데 그런 버팀목이던 레이나가 흔들리는 것은 진운에게도 레이나 본인에게도 결코 좋지가 않았다.

물론 그동안 기다렸던 순간이 왔는데 막상 와보니 아무것도 없는 막다른 곳이라는 것이 꽤나 레이나에게 충격일 것이다.

하지만 그렇다고 이대로 주저앉을 수는 없었다.

어떻게든 이곳을 벗어나야 한다는 것은 변함없으니 말이다.

─설마 이런 것이리라고는… 생각지도 못했다.

"레이나, 네가 그런데 난 어떻겠어? 뭐, 난 오로지 레이나

네 말만 믿고 왔으니까.”

　―미안하게 되었다. 설마 이런 결말이라고는…….

　레이나는 마법까지 동원해서 이곳을 샅샅이 살폈지만 역시나 조그마한 환풍구는커녕 쥐구멍조차도 없자 결국 손을 놓아버렸다.

　그런데 진운은 레이나와 달리 아까부터 한곳으로 시선이 계속 움직이고 있었다.

　―뭘 그렇게 보는 거지?

　“아, 저거.”

　진운의 손이 홀에서 유일하게 문명의 손길이 닿아 있는 낡은 제단 형태의 커다란 바위를 향했다.

　레이나의 눈길도 그곳으로 향했다.

　하지만 아무리 봐도 평범해 보일 뿐이다.

　―마나 뷰.

　혹시나 해서 레이나는 손을 들어 마법으로 탐지해 봤지만, 결과는 조금 오래된 바윗덩어리에 불과했다.

　그런데 그런 레이나와 달리 진운은 왠지 이상하게 제단이 낯이 익었다.

　분명히 진운은 이 바벨의 탑에 온 적이 없었다.

　당연히 이곳의 모든 것이 낯설었고, 이 탑의 정상까지 올라온 동안 봤던 모든 것이 낯설었다.

그런데 유독 바위로 만든 낡은 제단만은 계속 그의 눈길을 붙잡았다.

—왜 그러지?

레이나도 진운이 이렇게까지 낡은 제단에 관심을 가지는 것이 이상하다고 여겼는지 진운에게 물었다.

"아니, 이상하게 낯익어서 말이야."

—낯익어? 그게 무슨 말이지?

"그냥 어디선가 많이 본 그런 느낌인데… 도무지 기억이 안 나."

진운도 낯은 많이 익는데 이상하게 머릿속에서 기억이 날 듯 말 듯 생각나지 않자 답답한 듯 거칠게 머리를 헝클어뜨렸다.

계속 기억해 내려고 노력했지만 뿌연 연기 속을 보는 듯했다.

"직접 만져 봐야겠어."

결국 아무리 해도 생각나지 않자 직접 만져 봐야겠다는 생각에 곧장 낡은 제단 앞에 섰다.

스르륵.

거친 돌 표면의 촉감이 그대로 진운의 손에 전달되었다.

그리고 돌의 촉감이 진운의 신경을 통해 뇌로 전달되는 순간,

번쩍!

"그래!!"

마치 번갯불이 번쩍이듯 진운은 생각이 났다.

"꿈에서 봤어! 꿈에서!"

기억난 것이 기쁜 양 좋아하던 진운은 갑자기,

멈칫!

얼굴 표정이 굳으면서 모든 행동이 멈춰 버렸다.

아니, 진운뿐만이 아니라 레이나도 진운의 행동을 지켜보다가 온몸이 굳어버렸다.

갑자기 주변의 모든 빛이 사라진 것이다.

―라이트(Light).

레이나는 빛이 사라지자 손바닥을 위로 향해 올리고는 급히 마법진을 활성화시켰다.

그런데,

핏!

레이나의 손바닥에서 선명하게 빛을 발하던 마법진이 갑자기 전원이 끊긴 것처럼 사라져 버렸다.

그런데 레이나의 마법진이 사라지는 것과 동시에 진운의 바로 앞에서 빛이 퍼져 나오기 시작했다.

마치 어둠을 밀어내려는 듯 평범한 돌로 보이던 제단이 스스로 빛을 발하더니 한순간에 홀을 집어삼켰던 어둠을 천천히, 느리긴 하지만 확실하게 밀어냈다.

그리고 곧 홀 전체를 빛으로 감싸기 시작했다.

"여긴……?"

갑작스런 제단의 빛에 눈이 부셔 자신도 모르게 눈을 감았던 진운이 다시 눈을 떴을 때는 전혀 본 적이 없는 주변 환경이 펼쳐져 있었다.

마치 허공에 몸이 떠 있는 듯 발밑에 아무것도 없었다.

하지만 그렇다고 떨어지거나 하는 것은 아니었다.

뭐랄까, 중력이 없어진 느낌이랄까?

거기다 진운의 정면에는 연한 푸른빛을 띤 물이 흘러가듯 아름다운 흐름을 보여주고 있어 진운의 시선을 사로잡았다.

너무나 갑작스런 주변의 변화에 잠시 넋을 놓았던 진운은 뒤늦게 레이나가 보이지 않는다는 것을 깨닫고는 주위를 두리번거렸다.

"레이나! 레이나!!"

진운은 당황해 급히 소리쳤지만 대답은 없었다.

그런데 진운이 레이나를 찾아 소리친 지 몇 분 지나지 않았을 때다.

진운 바로 정면의 허공이 찢어지기 시작했다.

마치 종이로 만든 벽이 찢어지듯 균열이 심하게 일어나더니 곧,

파삭!!

부서지는 파열음까지 들리면서 찢어져 버렸다.

뒤에 보인 것은 시커먼 어둠이었다.

하지만 그런 어둠은 곧 장막이 걷히듯 천천히 진운이 서 있는 바닥부터 사라지더니 어둠 속에 반짝이는 빛과 함께 푸른색이 빛나는 지구가 모습을 드러냈다.

"뭐야, 이건?"

교과서에서나 TV에서 자주 보는 지구의 모습이 분명하긴 했다.

그런데 대륙의 모습이 좀 이상했다.

일반적으로 5대양 6대주로 나눠지는 지구의 모양과 달리 커다란 대륙 하나에 사방이 전부 바다로 이루어진 특이한 모습의 지구인 것이다.

쩌걱!!

그리고 곧 커다란 대륙이 천천히 갈라지기 시작했다.

무언가 밑에서 밀어내는 힘에 의해 밀려나듯 대륙이 각자 위치로 움직이면서 조금씩 모습이 변하더니 시간이 어느 정도 지났을 무렵에는 진운도 익히 알고 있는 지구의 모습으로 변해 있었다.

"뭐지, 도대체?"

진운이 익히 알고 있는 5대양 6대주의 모습으로 변한 지구에는 여러 가지 동식물이 뛰어다니는 광경도 보이고, 약육강식의 모습도 적나라하게 보였다.

얼핏 무슨 다큐멘터리를 보는 듯한 착각이 들 정도지만 그냥 TV 화면으로 보는 것이 아니라 진운의 발밑부터 머리 위까지 모든 것이 사실적으로 느껴졌고, 무엇보다 너무나 생생한 3D 화면을 보는 것처럼 피부에 와 닿았다.

하지만 그런 생생한 모습은 그리 오래가지 못했다.

탁!

한참이나 이어질 것 같은 다큐멘터리 화면은 갑자기 꺼지더니 다시 칠흑 같은 어둠이 진운의 주변을 감쌌다.

그리고 다시 눈앞에 빛이 생겼는데, 어두운 극장에서 주인공을 위해 따로 빛을 비춘 것처럼 정확하게 진운의 눈앞에 나타났다.

어두운 주변과 달리 선명하게 빛이 비춘 곳에 사라졌던 레이나가 있었다.

"레이나!!"

갑자기 사라져서 걱정했던 진운은 레이나의 모습이 보이자 걸음을 옮기려다 곧 다시 멈춰 버렸다.

섬뜩!

레이나의 목에 곡도(曲刀)와 비슷하게 생긴 커다란 날이 드리워져 있었던 것이다.

거기다 레이나는 정신을 잃었는지 미동조차 하지 않았다.

"설마… 레이나가 당할 줄이야."

논리적이고 일반적인 상식이 통하지 않는 특이한 성격이긴 하지만 레이나는 드래곤과 맞장 뜰 만큼 마법적으로 거의 입신의 경지에 올라 있었다.

때문에 레이나가 보이지 않는다고 해도 진운은 크게 걱정하지 않았다. 하지만 이 모습은 너무나 뜻밖이었기에 당황하고 말았다.

사실 전투력으로 보면 진운 자신이 조금 앞설지는 몰라도 마법이라는 특이한 힘의 활용도 때문에 레이나가 몇 배나 진운보다 강했다.

그 레이나가 잡혀 있다니.

진운이 레이나가 잡혀 있는 모습에 당황하는 사이 레이나가 있는 곳에서 그리 멀지 않은 옆에 또 다른 빛이 비춰졌다.

"문?"

이번에 다시 생겨난 빛 속에는 허름하지만 누가 봐도 문으로 인식할 만한 것이 나타났다.

"뭐가… 어떻게 돌아가는 거야, 이건."

그렇게 강하던 레이나가 잡혔다.

그것도 완전히 정신을 잃었는지 미동조차 없는 상태로 허공에 묶여 있는 모습이다.

그뿐인가?

커다란 곡도와 비슷한 커다란 칼날이 당장에라도 레이나의 목을 베어버릴 듯 위협하고 있다.

그런데 옆에 두 번째로 생긴 빛에서는 허름하긴 하지만 문이 나타난 것이다.

그 문을 보는 순간 진운은 강한 느낌을 받았다.

설명할 순 없지만, 이론적으로 증명도 할 수 없으나, 이 문을 열고 나가면 바벨의 탑에서 완전히 해방될 수 있다는 확신이 들었다.

막연한 느낌일 뿐이지만, 이 지옥 같은 곳에서 탈출할 수 있으리라!

그러다 보니 자연스럽게 진운의 발걸음이 문이 있는 쪽을 향했다.

저벅저벅.

스르렁.

"……!"

몇 발 걸었을까?

무언가 움직이는 소리에 고개를 돌린 진운은 문으로 향하던 걸음을 멈춰야만 했다.

"젠장!"

방금 무언가 움직인 듯한 소리가 바로 레이나의 목을 위협하고 있던 칼날이 움직이는 소리라는 것을 알았기 때문이다.

처음 레이나가 나타났을 때와 달리 확연히 레이나의 목과 가까워진 칼날의 거리가 진운의 생각을 증명하고 있었다.

"설마……."

진운이 잠시 문과 레이나를 번갈아 보다가 문이 있는 쪽으로 몇 걸음 더 걸어가자,

스르렁!

역시나 레이나의 목을 향해 칼날이 움직였다.

"젠장, 누군지 진짜 악질이구만."

그제야 지금 레이나와 문의 존재가 무엇인지 알게 된 진운은 자신도 모르게 허공을 강하게 발로 차버렸다.

물론 걸리는 게 없으니 괜한 헛발질에 불과했지만 그만큼 지금 진운은 화가 난 상태였다.

지금의 상황은 한마디로, 선택하라는 것이다.

문을 선택해서 진운이 밖으로 나가게 되면 레이나가 죽는다.

그 증거로 문으로 진운이 가까이 갈수록 레이나의 목을 향해 칼날이 가까워지고 있으니 말이다.

그래서 진운은 방향을 틀어 레이나 곁으로 가까이 가봤다.

그러자 이번에는 반대로 문이 조금씩 작아지기 시작했다.

성인 두세 명은 충분히 드나들 것 같이 큰 문이 레이나를

향해 걸음을 옮기자 급속도로 작아지더니 이제는 한 명도 겨우 빠져나갈 것 같은 크기만큼 작아져 버렸다.

문이 작아지는 것으로 확실히 지금의 상황을 인식하게 된 진운은 결국 문과 레이나 사이에 멈춰 설 수밖에 없었다.

"제기랄! 진짜 기분 더럽게 만드는구만."

무슨 이유로, 어떤 의미로, 무엇 때문에 지금 이러는지 모르지만 바벨의 탑이 지금 진운에게 선택을 강요하고 있는 것이다.

진운은 속에서 화가 끓어올랐지만 눈동자는 차분하게 문과 레이나를 번갈아 바라보고 있었다.

"저 문이 마지막 탈출구라는 건 확실해."

레이나를 인질로 삼아 선택을 강요하는 모습을 보면 절대로 허술하게 함정을 파놓진 않았을 것이다.

그 말은 진운이 문을 향해 다가갈 때마다 조금씩 레이나의 목에 가까워지는 칼날도 진짜라는 말이다.

사실 이게 혹시나 환상이 아닐까 의심도 했지만, 레이나의 몸에서 느껴지는 마나의 기운이 진짜라고 말하고 있으니 진운의 고민이 깊어질 수밖에 없었다.

"탈출하느냐… 아니면 레이나를 버리느냐."

이 지옥 같은 곳에서 탈출해서 자신만 살아남느냐, 레이나를 살리고 탈출을 포기하느냐를 사이에 두고 진운의 고민이

깊어지는 가운데,

스르렁!

갑자기 진운이 움직이지 않았는데도 칼날이 레이나의 목을 향해 천천히 움직이기 시작했다.

그리고 그와 동시에 문도 작아지기 시작했다.

진운은 갑작스런 변화에 당황하면서 문과 레이나를 번갈아 보며 초초해했다.

"젠장, 어쩌라고. 나보고… 도대체… 빌어먹을……!"

입으로는 온갖 욕설을 퍼붓고 싶지만, 안타깝게도 선택을 하는 건 진운 자신이다.

그리고 이렇게 진운이 고민하는 사이에 레이나의 목에 거의 다다른 칼날과 이제는 기어서 나가면 겨우 나갈 수 있을 만큼 작아져 버린 문이 시선에 들어왔다.

"제기랄!!"

타타타타타!!

스겅!!

문과 레이나 사이에서 고민하던 진운은 결국 문을 포기해 버리고 레이나에게 빠르게 달려가 미리 활성화시켜 두었던 마나를 이용해서 오러 블레이드를 뽑아냈다.

진운은 레이나의 목을 위협하는 칼날을 거침없이 베어버렸다.

탱그랑!!

진운의 오러 블레이드에 쉽게 잘려 버린 칼날은 힘없이 바닥으로 떨어졌고,

탁!!

레이나 옆에 있던 문도 같이 사라져 버렸다.

그리고 문을 비추고 있던 빛도 같이 사라졌다.

흔들~

문이 완전히 사라지고 나서야 레이나를 붙잡고 있던 허공의 족쇄가 풀렸는지 레이나의 몸이 진운 쪽으로 기울기 시작했다.

진운은 가볍게 레이나를 안아 들었다.

풀썩.

"더럽게 가볍네."

진운은 가슴으로 안겨들 듯 떨어진 레이나를 안아 들면서 한마디 했고, 진운이 레이나를 안아 드는 순간 어둠이 완전히 사라지고 빛이 찾아왔다.

빛이 비춘 것은 진운과 레이나가 조금 전까지 있던 홀이었다.

진운은 레이나의 온기가 느껴지는 것에 안도했다.

최소한 레이나를 구했다는 것은 사실이니 말이다.

—……

"이제 깨어난 거야?"

무슨 일이 있었는지 전혀 모르는 듯 레이나는 천천히 고개를 들었다.

진운의 눈동자를 바라보면서 말이 없었지만, 진운은 오히려 그런 레이나를 바닥에 내려놓으면서,

"살 좀 쪄야겠다. 너무 가벼워."

라고 말하고는 떨어졌다.

그 와중에도 레이나는 진운을 끝까지 쳐다보기만 했다.

"뭘 그렇게 봐? 내가 안고 있어서 기분 나쁜 거야?"

평소 무표정의 레이나는 사실 기분을 알기가 참 애매했다.

최소한 화가 나면 화난 표정이라도 지어야 하는데 지금까지 레이나가 감정을 드러낸 적이 거의 없었다.

때문에 지금도 진운은 레이나가 말없이 자신을 쳐다보는 게 깨어나 보니 자기에게 안겨 있는 것에 화를 내는 건지, 아니면 다른 뭔가가 있는 건지 도통 짐작할 수가 없었다.

경험상 이렇게 여자가 빤히 쳐다볼 때는 화가 났을 때가 대부분이었다. 그래서 묻긴 했지만, 역시 대답은 없었다.

그러길 몇 분이 지났을까?

─왜 나를 선택했지?

뜨끔!

순간 레이나의 말을 들은 진운은 정신을 잃고 있었기에 모

를 것이라고 생각한 레이나가 알고 있는 듯 말하자 뜨끔했다.

하지만 그런 질문을 하는 와중에도 레이나의 표정은 변함 없었다.

"그냥."

진운은 오히려 별것 아니라는 듯 대답했고, 그 대답에 레이나는 고개를 갸웃거렸다.

─그냥? 그 문을 나가면 넌 이곳에서 탈출할 수 있어. 하지만 날 구하면 이곳에 갇히게 되는데도 날 선택한 건가?

"맞아."

레이나의 질문에 진운이 당연하다는 듯 대답하자 레이나가 웃었다.

─넌 바보다.

"알아."

─하지만…….

진운의 말에 레이나는 슬쩍 말꼬리를 흘리더니 입을 다물어 버렸다.

"자, 그럼 다시 탈출할 수 있는 방법을 찾아야지? 안 그래?"

─그래, 어떻게든 탈출한다. 무조건.

"그거면 된 거야, 그거면."

진운은 레이나가 실망하거나 결국 원위치로 왔다는 것에

좌절했을지도 모른다고 생각했으나 방금 레이나의 한마디로 그 생각은 날아가 버렸다.

애초에 논리적인 레이나가 감정의 변화로 휘둘린다는 게 이상했으니 말이다.

다만 상황이 안 좋은 쪽으로 흘러가니 진운도 약간의 불안감은 있었다.

―그런데 저건 뭐지?

"응?"

진운은 다시 왔던 길을 되돌아가서 커다란 문을 부숴 버리더라도 탈출 계획을 다시 생각해 보려 했다.

그런 맘으로 걸음을 옮기는데 레이나가 돌연 물었다.

―저 돌 위에 처음부터 저게 있었나?

"응? 저건 뭐지?"

그제야 진운도 낡은 제단 위에 조금 전까지는 없던 물건이 놓여 있는 것을 발견했다.

Chapter
02 유산

"반지? 검? 그리고 웬 책?"

웬만한 장검에 달하는 크기에 어둠마저 집어삼킬 만큼 검은 검신의 검 한 자루와 유난히 반짝거리는 반지, 그리고 얼핏 봐도 웬만한 백과사전 두께의 커다란 책 한 권이 눈에 띄었다.

─책?

레이나는 검이나 반지보다 마법사라 그런지 책에 관심을 가졌고, 살펴보기 위해 손을 뻗었다.

그런데 레이나의 손이 책에 닿았다고 생각하는 순간,

쑤욱~

그 손이 책을 그대로 통과해 버렸다.

─……!

레이나도 놀랐는지 황급히 손을 책에서 빼냈다.

그리고 다시 손을 뻗어보았는데, 역시나 마치 실체가 없는 것을 만지는 듯 레이나의 손은 책을 그냥 통과해 버렸다.

휙휙!!

혹시나 싶어 레이나는 검과 반지에도 손을 뻗어보았는데 역시나 책과 마찬가지로 잡기는커녕 건드리는 것조차 불가능했다.

"신기한 물건이네."

레이나가 제단 위의 물건을 전혀 건드리지 못하자 진운이 다가와서는 손을 뻗었다.

덥석!

"어라?"

레이나는 전혀 건드리지도 못하던 것이 진운에게는 너무나 손쉽게 잡힌 것이다.

덥석!

혹시나 해서 검도 집어 들었고, 하는 김에 반지까지 집어 들었다.

너무나 당연하다는 듯 잡히는 반지와 검, 책. 진운은 황당했다.

"받아봐."

진운은 자기가 집어 들었으니 레이나도 잡을 수 있을 거라는 생각에 손에 들고 있던 책, 반지, 검을 건넸다.

후루루룩!!

탱! 챙그랑! 털썩!

놀랍게도 진운이 손을 떼자마자 세 가지 물건 모두 레이나의 손을 통과해 바닥으로 떨어져 버렸다.

다시 주워 든 진운의 모습을 가만히 보던 레이나는,

—인식, 처음부터 그건 진운 너만이 다룰 수 있는 특수한 인식 관련 특성이 있는 것 같군.

"나만?"

—그래. 봐라.

레이나는 진운이 들고 있는 책에 손을 뻗어 잡으려고 손을 움켜잡았지만,

휙!

역시나 아무것도 잡지 못했다.

"뭐, 마법도 본 마당에 더 이상 놀랄 일은 없다고 생각했는데… 이건……."

진운 외에는 아무도 손대지 못하는 검과 반지와 책은 확실히 그냥 봐도 결코 평범해 보이지 않았다.

그리고 진운은 세 가지 물품을 모두 다시 제단 위에 올려놓고는 우선 반지를 집어 들었다.

잠시 살펴보았는데 별 특이한 것은 없었다.

밋밋한 디자인에 특이하게 구멍이 촘촘하게 뚫려 있다는 것을 빼곤 말이다.

"모두 72개네."

조그마한 단서라도 될까 싶어서 진운은 반지에 있는 작은 구멍을 모두 세어봤다.

모두 72개.

그는 반지를 자신의 오른손 약지에 슬쩍 껴봤다.

"딱 맞네?"

마치 처음부터 진운의 손가락에 맞춘 듯 딱 맞아 들어가는 반지다.

그런데 껴봤으니 이제 빼려고 했던 진운은 난감한 표정이 되었다.

"레이나, 이거 안 빠져."

─아마 착용하면 정착하도록 만들어졌을 것이다. 위험한 게 아니니 굳이 빼려고 하지 마라.

레이나는 진운이 반지를 껴도 별다른 이상이 없자 굳이 뺄 필요가 없다고 했고, 진운은 그런 레이나의 말에 몇 번 반지를 만지작거리다가 미련을 버렸다.

“그래, 뭐, 반지가 특이해 봐야 얼마나 특이하겠어.”

이미 손가락에 껴보기 전에 유심히 살펴봤고, 레이나도 특별하게 마법적 기운이 느껴지진 않는다고 했으니 안 빠지는 걸 굳이 빼려고 노력하진 않았다.

두 번째로 검은 빛깔의 검을 집어 든 진운은 반지를 볼 때와 달리 감탄사가 먼저 터져 나왔다.

“죽인다!!”

착 감기는 손맛부터가 이미 진운의 마음을 흔들고 있는 중이다.

과거의 진운이라면 지금 이 검이 얼마나 좋은 검인지 몰랐을 것이다.

하지만 그동안 부숴먹은 검만 수천 자루에 달할 만큼 검을 휘둘렀고, 거기에 마나의 적응까지 마친 마스터에 오른 진운은 잡고 한번 휘둘렀을 뿐이지만 얼마나 좋은 검인지 몸이 먼저 알아챘다.

“균형이 딱 맞아.”

진운이 딱 좋아하는 무게와, 손잡이를 잡고 있는데도 무게가 거의 느껴지지 않을 만큼 검의 균형이 맞아떨어지는 것도 대단했다.

사실 검이란 그저 단단하고 날카롭다고 좋은 게 아니다.

검의 존재 가치를 가장 크게 만드는 것은 바로 균형이었다.

균형이 얼마나 잘 맞느냐에 따라서 검을 휘두를 때 힘이 최대 열 배까지 부담이 된다.

그리고 사람이 들었을 때 균형이 딱 맞는다고 느끼는 경우는 손에 꼽을 만큼 적었다.

특히나 마스터에 올라 온몸이 하나의 센서와 같은 진운의 경우는 검의 균형이 아주 조금만 빗나가도 거부감을 느낄 정도다.

그런데 그런 진운이 감탄할 정도면 명검 중에서도 명검이다.

다만 손잡이부터 검신까지 모두 검은색으로 만들어져 있다는 게 조금 꺼림칙하긴 했지만 검 자체에는 아주 만족하는 진운이었다.

이어서 진운은 책을 집어 들었다.

"가볍네."

두께를 보면 제법 무게가 나갈 것 같은데, 예상과 달리 마치 깃털을 들어 올린 것처럼 가벼웠다.

곧바로 책을 펼쳤다.

그런데 책에는 생전 처음 보는 언어와 비슷한 그림이 그려져 있었다.

하지만 그걸 본 진운은,

"레메게톤?"

읽어버렸다.

마치 처음부터 알고 있는 것처럼 말이다.

진운도 자신이 어째서 이 책을 읽을 수 있는지 놀랐다.

하지만 그런 것보다 혹시나 이 책에 뭔가 탈출에 관한 단서가 있을지도 모른다는 생각에 모든 의문은 뒤로하고 책을 읽기 시작했다.

물론 레이나도 진운의 옆에서 얼굴을 맞붙이고 있었다.

비록 스스로 읽지는 못해도 진운이 소리 내어 읽어줘서 크게 문제는 없었다.

하지만 책을 모두 읽고 난 진운은 책을 덮으면서 한숨을 내쉬었다.

턱!

"나 참, 이걸 믿어야 하나."

진운은 책의 내용을 읽고도 믿어야 할지 말아야 할지 판단이 서지 않았다.

레이나는 오히려 그런 진운을 보면서,

―왜 못 믿지?

"솔로몬 왕이 만든 마법서라니… 그걸 어떻게 믿느냐고."

이것이 지극히 정상적인 일반인의 반응이다. 그러나 레이나는 그런 진운이 오히려 이상하다는 듯 바라보았다.

―누군가를 지정해 놓은 마법이 걸린 반지와 검, 그리고 마

법서가 있고, 우리를 막았던 드래곤도 사실 솔로몬 왕이라는
분이 문지기로 세워놓은 것이라고 쓰여 있으니 사실이다.

"……."

레메게톤에는 레이나와 진운이 전혀 모르고 있던 사실이
적혀 있었다.

레메게톤에는 72마신에 대한 이야기와 그 마신들을 부릴
수 있는 반지—게티아에 대한 것이 적혀 있었다. 진운이 끼고
있는 바로 그 반지다.

하지만 가장 중요한 내용은 그것이 아니었다.

바로 바벨의 탑을 만든 진정한 의도로, 레메게톤을 읽고 나
서야 두 사람은 그것을 알 수 있었다.

일반적으로 바벨의 탑은 신에게 도전하기 위해서 하늘을
향해 쌓아올린 것이라 알려져 있다.

하지만 레메게톤에 기록된 말에 의하면 바벨의 탑은 단순
한 탑이 아닌, 지금까지 지구가 살아온 모든 역사를 기록하고
있는, 하나의 커다란 저장매체라고 한다.

진운은 큰 충격을 받았다.

한마디로 바벨의 탑은 지구의 탄생부터 지금까지 모든 것
을 저장하는 기록 장치인 것이다.

그리고 진운이 손에 끼고 있는 게티아라는 반지가 바로 바
벨의 탑을 마음대로 다룰 수 있는 열쇠였다.

언제부터 바벨의 탑이 지구의 모든 것을 기록했는지는 레메게톤에도 설명되어 있지 않았다.

그것을 보면 솔로몬 왕도 진운과 마찬가지로 바벨의 탑을 발견해서 소유권을 얻은 것에 불과했다.

하지만 솔로몬 왕은 바벨의 탑에서 얻은 지식을 이용해서 역사에 길이 남을 만한 업적을 만들어내었다.

레메게톤의 마지막 장에는 이런 내용도 쓰여 있었다.

새로운 탑의 주인이 된 자여, 도망간 마신들을 모두 다시 바벨의 탑에 가둬두길 바란다. 그에 대한 선물로 칼라드볼그를 같이 두니 유용하게 쓰기를.

솔로몬 왕의 자필로 보이는 글귀를 보고서, 진운은 기어코 한숨을 내쉬고 말았다.

한마디로 솔로몬 왕이 죽고 난 뒤에 빠져나간 마신을 되찾아서 다시 바벨의 탑에 가둬달라는 말인 것이다.

놀랍게도 레이나를 향한 글귀도 있었다.

탑의 주인과 함께하면 원래의 세상으로 돌아갈 수 있으리라.

마치 미래에 이렇게 될 것이라는 것 알고 있는 듯한 예언을 남긴 솔로몬 왕의 글귀를 보고 있자니 한숨과 함께 왠지 낚인 것 같은 느낌마저 들었다.

애초에 레이나와 진운이 만난 것은 그 옛날부터 정해져 있었다는 말이 되니 말이다.

아무튼 졸지에 진운과 레이나는 마신을 수거해야 하는 입장이 되었다.

하지만 그렇게 나쁜 것만 있는 것은 아니었다.

부스럭!

진운이 일어서자 레이나도 같이 일어서더니 제단 뒤쪽으로 걸음을 옮겼다.

진운은 게티아라는 이름의, 72개의 구멍이 뚫려 있는 반지를 끼고 있는 오른손을 들어 벽에 댔다.

화아아아악!!

마치 벽이 타들어가듯 빠르게 사라지기 시작했다.

순식간에 진운과 레이나를 가두고 있던 홀이 사라져 버렸다.

레메게톤에는 이곳에서 탈출하는 방법까지 모두 쓰여 있었던 것이다.

＊　　＊　　＊

"설마……."

왠지 낯익은 풍경에 진운은 주변을 살폈다.

진운과 레이나가 발을 디디고 서 있는 이곳이 설악산이라는 것을 알게 되기까지 그리 오랜 시간이 걸리지 않았다.

드디어 바깥으로 나왔다는 확신이 들자 진운은 반지를 낀 오른손을 허공에 들이대자 검은 공간이 생겼고, 그곳에 레메게톤과 검을 우선 넣어 두기로 했다.

아공간이라는 것이 있고 그걸 이용하라는 설명을 읽었기에 쓰기로 한 것이다.

요즘 세상에 검을 대놓고 들고 다닐 수는 없으니 말이다.

아공간은 진운이 원하는 어느 때고 다시 꺼낼 수 있는 편리한 장점도 있었다.

그렇게 검과 레메게톤을 처리하고 나자 너무나 낯익은 풍경에 진운은 본능적으로 발길이 이끄는 대로 걸음을 옮겨가다 한 그루 나무 앞에 멈춰 섰다.

나뭇가지에 묶여 있는 매듭 하나를 보곤 가까이 다가가 그것을 풀었다.

"5년 전에 아버지와 내가 묶었던 매듭이 맞네."

죽은 아버지와 등산을 했던 마지막 추억이 깃든 장소였던 것이다.

그 후로 바빠서 등산을 하지 못했다. 덕분에 그때가 마지막 등산이긴 했지만, 그 당시 어린 진운은 무언가 남기고 싶다는 생각에 마침 주머니에 있던 리본용 끈을 꺼내 거기에 무언가를 적고 나무에 묶었던 것이다.

"세계를 내 발아래 놓자… 라……. 크크큭, 크크크큭."

진운은 5년 전의 어린 자신이 쓰긴 했지만 '세계를 내 발아래 놓자'는 유치하기 짝이 없는 글을 읽고는 웃어버렸다.

―패왕이 되는 게 꿈이었나?

레이나는 진운의 말을 듣고 물었다. 진운은 풀었던 노끈을 다시 묶어놓고는 레이나를 향해,

"어린 시절 치기 어린 생각일 뿐이야."

―어린 시절이라……. 하지만 진운, 지금은 네가 원한다면 가능할 텐데 말이야.

사실 바벨의 탑에 저장되어 있는 정보를 활용만 한다면 엄청날 것이 분명했다.

하지만 진운에게는 아직 피부로 와 닿지 않았다.

바벨의 탑에서 벗어났다는 것이 마냥 기쁠 뿐이다.

하지만 옆에 있는 레이나는 아직 끝난 게 아니었다.

"레이나."

―왜 그러지?

"레이나는 고향으로 돌아가야 하지?"

진운이 넌지시 물어보자 레이나는 당연하다는 듯,

─난 하이엘프. 엘프를 이끌 책임이 있는 존재다. 내가 돌아가지 않는다면 남은 엘프들이 위험할 수 있다.

"하긴."

진운도 레이나도 서로 각자 목적이 있기에 바벨의 탑에서 서로 힘을 모았던 것이다.

물론 결과적으로 진운에게 좋은 쪽으로 되긴 했지만 레이나는 자신의 고향으로 돌아가는 것을 포기하진 않았다.

아니, 포기할 수가 없었다.

거기다 진운이 바벨의 탑의 실질적인 소유주가 되었기에 오히려 돌아갈 가망성이 높아졌다고 할 수 있었다.

다만 현재 레이나도 진운도 바벨의 탑을 어떻게 이용해야 하는지 전혀 모르고 있었다.

사실 탈출하는 것에 집중한 나머지 다시 바벨의 탑으로 돌아가는 방법을 모르고 있는 것도 어느 정도 영향을 끼치긴 했다.

─진운은 내가 돌아가는 게 싫은 거냐?

진운의 싫은 듯한 눈빛에 레이나가 슬쩍 물었다.

진운은 어차피 레이나에게 어설픈 거짓말 따위는 통하지 않는다는 것을 알기에 고개를 끄덕였다.

"난 이제 혼자거든."

말하면서 쓸쓸해하는 진운의 말투에 레이나는 잠시 입을

다물었다.

"그냥… 나도 이제 세상에 혼자 남는다는 게 어떤 건지 이해했고, 뭐 그 정도에 쓰러질 만큼 약하지도 않지만 말이야."

레이나가 당장 돌아간다고 해서 진운이 좌절하거나 하는 것은 아니었다.

다만 생사를 같이하고, 서로 믿고 등을 맡길 수 있는 사이가 과연 몇이나 될까?

현대를 살아가는 생활이 결코 녹록치 않다는 것을 진운은 너무나 잘 알고 있다.

거기다 사정이 어찌 되었든 세상의 시선에 고아라는 것은 하나의 장벽이나 마찬가지이기도 했다.

대한민국에서는 특히나 그 장벽이 높은 편이다.

물론 옛날의 진운이라면 아마 좌절했을지도 모르지만, 현재의 진운은 그 정도는 신경도 쓰지 않았다.

다만 누군가가 떠나간다는 것이 아직은 익숙하지가 않은 진운이기에 슬쩍 물어본 것이다.

—진운.

"응."

—넌 강하다. 나보다 훨씬. 그리고 내가 살던 대륙에서도 너보다 강한 인간은 본 적이 없다.

사실 드래곤 머리통을 박살 낸 역사적인 마스터가 되었으니 강하기로는 아마도 둘째가라면 서러울 것이다.

─하지만 너도 느끼고 있겠지? 너의 단점을?

절대로 입에 발린 소리를 하지 않는 레이나이기에 진운은 고개를 끄덕이면서,

"알아. 난 드래곤을 죽이기 위해 너무나 속성으로 필요한 것만 배웠잖아."

─그래, 너의 의지가 강하고 그 의지로 인해서 마스터에 올랐지만, 경험이 부족하다는 것은 때론 치명적일 수가 있다.

이런 상황에서도 듣기에 거북한 말을 서슴없이 하는 레이나였지만 진운은 웃으면서 받아들였다.

등을 맡긴 사이, 그리고 서로 생명을 걸고 사선을 넘은 동지애란 것은 결코 일반적인 상식으로 알 수 없는 그런 끈끈한 유대감을 만들었으니 말이다.

"알아. 그래서 나도 이제부터 다시 시작하는 마음으로 살아가려고 해."

─그 마음을 잊지 마라. 아무리 강한 마스터가 되어도 결국 기본이 약하면 무너지는 법이니까.

"알았어. 그보다 이왕 이곳에 온 거, 나랑 같이 갈 곳이 있는데, 괜찮겠어?"

진운은 설악산으로 오게 되자 그동안 가야 했지만 용기가 나지 않아 가지 못한 곳이 생각났다.

─이곳에서 난 이방인이다. 진운 너의 도움이 나에게는 절대적으로 필요하다.

"그럼 허락한 것으로 알고, 가자."

진운은 그 길로 산을 내려갔다.

험한 곳이고, 웬만한 등산 전문가도 꺼리는 곳이기에 사람의 발길이 거의 닿지 않아 길이라고 부를 만한 곳도 없었다.

하지만 진운과 레이나에게는 아무런 장애가 되지 않았다.

휙~ 휙~

특히나 레이나의 경우 나무와 나무 사이를 마치 평지를 뛰어다니듯 건너는 모습에 진운은 감탄했다.

"역시 엘프는 숲의 종족이라는 설정이 딱 맞네."

타탁!

진운도 앞서가는 레이나를 따라잡기 위해 호흡으로 마나를 전신에 퍼뜨리자 무리 없이 레이나와 발을 맞출 수 있었다.

타탁~

일반인은 하루 종일 걸어도 벗어나지 못할 만큼 깊은 산속에서부터 도로가 보이는 곳까지 도착하기까지 걸린 시간은 겨우 한 시간 남짓이다.

땅이 아닌 나무와 나무 사이를 건너뛰고 웬만한 절벽이나 험한 곳도 몇 번 뜀박질로 넘어버리니 지금 한 시간 걸린 것도 처음에 길을 잘못 들었다가 다시 돌아오는 바람에 그리된 것이다.

그렇게 진운과 레이나가 산속을 벗어나 처음으로 문명의 증거인 아스팔트가 깔린 도로에 첫발을 디뎠다.

―…….

그런데 진운과 달리 레이나는 아스팔트를 보고는 인상을 찡그리면서 노골적으로 싫어하는 표정을 드러냈다.

웬만해서는 표정의 변화가 없는 레이나이기에 뜻밖이라 물어보자,

―인간은 이런 것을 왜 땅 위에 깔지?

"아, 이건 아스팔트야. 교통 때문이지."

―그래도 이건… 땅이 숨을 쉬지 못할 만큼 단단하다. 이러 면 결국 땅이 죽는다.

"아!"

진운은 레이나의 반응에 왜 아스팔트를 싫어하는지 이해 가 되었다.

하지만 이미 깔린 것을 뒤집어엎을 수도 없고, 탑 안에서 생활하던 레이나에게 지구의 모습은 어쩌면 모든 것이 논리 적이지 못할 것이다.

어차피 인간에게 조화란 돈이 되지 않는 낭만에 불과하니 말이다.

“레이나도 우선 알아야 할 것이 있으니 내가 설명해 줄게.”

노골적으로 아스팔트길을 걷는 것을 꺼리는 레이나에게 현대 지구의 상황이 어떤지 설명하기로 한 진운은 최대한 단순하면서도 직선적으로 설명했다.

어차피 레이나에게는 이렇게 설명하는 것이 더 이해가 잘 될 것이라고 생각했고, 그런 진운의 생각은 정확하게 들어맞았다.

산을 내려올 때와 달리 진운과 레이나는 이야기를 하면서 아주 천천히 걸었다.

어차피 빨리 가는 것이 목적이 아니기에 말이다.

하지만 아무리 천천히 걸어도 결국 목적지에 도착했다.

―납골당?

레이나는 아스팔트길 끝에 있는 푯말을 보고 읽긴 했지만 무슨 뜻인지 이해하지 못했다.

“죽은 사람을 화장해서 뼈만 보관하는 곳이야.”

―그런데 이곳엔 왜 온 거지?

“아버지가 계셔. 이곳에.”

진운은 지금 눈앞의 납골당을 보면서도 편안했다.

여행을 떠나기 전에는 이상하게 이 납골당을 오는 게 너무나 힘들었다.

마치 아버지에게서 버림받았다는 느낌과 함께 혼자가 되

었다는 혼란스러운 감정이 머릿속에 가득했기에 납골당에 가
는 것 자체가 마치 죽으러 가는 것 같은 느낌마저 들었던 것
이다.

하지만 지금은 납골당으로 들어섰지만 예전의 그런 마음
은 온데간데없었고, 그냥 아버지가 빨리 보고 싶은 마음뿐이
다.

저벅저벅.

진운이 납골당 안으로 들어서자 납골당의 경비로 보이는
사람이 진운에게 다가왔다.

"무슨 일로……?"

진운의 머리끝에서 발끝까지 한번 훑어본 경비는 인상을
살짝 찡그렸다.

그제야 진운은 자신의 옷차림이 이상하다는 것을 깨달았
지만, 당장 옷을 구해 입을 수 없으니 별수 없었다.

몸이 마나에 적응하는 과정에서 옷가지부터 모든 것이 사
라져 버렸고, 혹시나 싶어서 가지고 있던 신용카드도 지프차
에 두고 왔으니 말이다.

"전 정진운입니다. 아버지를 뵈려고 왔습니다."

"정진운? 그럼 혹시… 정호식이라는 분을 찾아왔는감?"

"네, 그렇습니다만… 아버지를 아십니까?"

진운은 경비가 자신의 이름만 듣고 아버지의 이름을 말하

자 혹시나 아버지와 아는 분인가 싶은 생각이 들었다.

"아, 아니야. 그냥……. 들어가 봐."

당황하더니 곧장 사무실로 들어가는 게 아닌가?

"누군데… 아버지를 알지?

진운은 당황하는 경비의 모습에 석연치 않은 느낌을 받았지만 대수롭지 않게 넘겼다.

하지만 레이나가 슬쩍 진운의 곁으로 다가오더니,

—불안, 초초, 당황함이 느껴진다. 조심해라.

진운과 달리 레이나는 경비의 눈동자에서 감정을 읽고서 진운에게 경고했다.

"뭐, 어쩌다 아는 분이겠지."

사실 진운의 아버지는 무역업을 했지만 달리 누군가와 척을 질 만큼 악덕 업주는 아니었다.

오히려 고아원에 기부도 많이 하면서 지역 시장에게 공로상까지 받은 분이라는 것을 알고 있기에 별것 아니리라 생각했다.

—알았다.

레이나도 진운이 대수롭지 않게 대하자 더 이상 말을 하진 않았지만, 레이나의 양 손바닥에 마나가 흐르면서 마법진이 조용히 나타났다 사라졌다.

처음 와보는 진운이기에 잠시 헷갈리긴 했지만 납골당 건물 입구에 이곳에 모셔져 있는 분들의 이름과 위치가 친절하게 적혀 있어 아버지의 유골을 찾는 데는 그리 어렵지 않았다.

"아버지……."

진운은 처음으로 아버지의 유골이 담겨 있는 상자를 보면서 나직하게 불렀지만 슬프거나 하는 감정이 아니라 막연히 그립다는 느낌이었다.

"늦어서 죄송해요."

자식이 아버지의 유골을 찾아 납골당에 오기까지 걸린 시간이 너무나 오래되긴 했지만 진운은 오히려 잘 찾아왔다고 생각했다.

웃고 있는 아버지의 사진을 바라보고서 왜 그렇게 무서워했는지, 혼자라는 것에 왜 그렇게 두려웠는지 이해가 가지 않았지만 왠지 지금은 마냥 좋은 진운이다.

의외로 홀가분한 기분을 느낀 진운은 그리 오래 걸리지 않아 납골당을 나섰다.

그런데 납골당의 현관을 나오는 진운을 부르는 이가 있었다.

"진운 군!"

"……?"

진운이 고개를 돌리자 좀 전에 봤던 경비가 급히 진운을 부르는 게 아닌가?

"아직 가지 않았구만."

"무슨 일입니까?"

진운을 급하게 불러 세운 경비가 웃으면서 다가왔다.

그런데 진운은 저 웃음이 이상하게 억지웃음 같다고 느꼈다.

그리고 슬쩍 고개를 돌려 레이나를 바라보자 레이나도 진운과 같은 생각인지 고개를 살짝 끄덕이면서,

―거짓된 웃음.

이라고 짤막하게 한마디 하고는 입을 다물었다.

"벌써 갔으면 어쩌나 했지."

그는 좀 전까지 허둥대던 모습을 지우고 갑작스레 친근하게 굴었다.

진운에게 다가오더니 사실 진운의 아버지와 조금 알고 지낸 사이라고 하면서 진운의 발길을 붙잡았다.

진운도 경비가 무슨 생각으로 지금 자신에게 이러는 건지 궁금한 마음이 들어 우선은 따라주는 척했다.

딸각~

싸구려 캔커피를 받은 진운이 캔을 따자 경비는 입을 열기 시작했는데, 사실 그렇게 대단한 이야기는 아니었다.

어쩌다 아버지의 도움을 받은 적이 있다는 이야기가 대부

분이었으니 말이다.

그런데 이상한 점은 또 있었다.

힐끗~

경비는 말을 하면서도 시계를 보는 횟수가 잦았다.

경비는 진운이 납골당 입구에 걸려 있는 커다란 시계를 등지고 앉아 있기에 자신이 시계를 쳐다보는 것을 진운이 알아차리지 못할 것이라고 생각하는 듯했다.

하지만 이미 초인의 경지에 오른 진운에게 경비의 눈동자가 어설프게 움직이는 것을 알아채는 것은 그리 어렵지 않았다.

그리고 주저리주저리 자기 말만 계속 늘어놓던 경비가 눈빛이 흔들리더니 일어나면서,

"좋은 만남이었네. 앞으로 자주 찾아오게나."

라고 하고는 그대로 등을 돌리더니 사무실 안으로 들어가 버리는 것이다.

─어색하군.

레이나가 봐도 경비의 행동은 너무나 이상했다.

"시간을 끌려고 한 행동 같지?"

진운은 아무리 생각해도 경비의 어설픈 행동이 무언가 목적이 있는 것처럼 보였다.

진운은 경비가 사무실로 완전히 들어간 뒤에야 고개를 돌

려 시계를 보았다. 대충 20분 정도 경비에게 잡혀 있었다.

확실히 경비의 행동이 수상쩍긴 했지만 진운은 아무리 생각해도 경비가 자신을 붙잡아둘 이유를 알 수 없었다.

"레이나, 네 생각은 어때?"

아무래도 이런 쪽으로는 거의 경험이 없는 진운이다 보니 자연스럽게 레이나에게 물었다. 레이나는 이미 진운이 물어보기 전부터 생각하고 있었던 듯 대답이 바로 나왔다.

─진운, 이럴 때는 최대한 이곳을 빨리 벗어나는 것이 현명한 판단이다.

"역시 그런가."

누군가가 자신에게 어색하게 아는 척을 하면서 자신을 붙잡아두려는 모습에 진운으로서는 이게 무슨 일인지 판단이 잘 서지 않았다.

평범하게 살아왔고, 누군가에게 원수를 진 일도 없다.

그렇다고 진운의 재산이 엄청나게 많은 것도 아니었으니 말이다.

물론 은행에 30억이 있긴 하지만 강남의 목 좋은 빌딩이 7, 80억이 넘는 이 시대에 30억은 결코 엄청나게 많은 돈은 아니기도 했다.

이런 현실에 30억은 적당한 가게 하나 꾸려 나갈 자금력밖에 되지 않는다.

아버지도 악덕 사장이거나 누군가에게 원수를 진 일도 없다.

오히려 고아로 자랐기 때문에, 돈을 벌어 모으기보다는 고아원에 기부하는 일이 많아 지역 공로 표창까지 받은 이력도 있다.

"나가자."

진운은 몇 번을 생각해 봐도 경비의 이상한 행동에 대해서만큼은 영문을 알 수 없자 직접 부딪치기로 했다.

예전 같았으면 절대로 하지 않았을 행동이지만 현재 자신이 가지고 있는 능력과 레이나가 옆에 있다는 것이 진운에게 과감한 행동을 하는 데 많은 도움이 되었다.

저벅저벅저벅.

진운은 레이나를 데리고 아무렇지 않게 납골당을 나왔다.

물론 납골당을 완전히 벗어나기 전에 혹시나 해서 납골당 관리사무실을 힐끗 쳐다봤다.

사무실 가장 끝 쪽의 창문에서 조금 전 경비가 지켜보고 있는 시선을 느낄 수 있었다.

'뭘까? 왜?'

진운은 납골당을 완전히 나선 뒤에도 주변을 살폈지만 특별하게 누가 숨어 있거나 한 흔적은 없었다.

—마나 뷰.

레이나가 미리 활성화한 마법진을 허공에 퍼뜨리면서 반경 100m 내를 탐색했다. 하지만,

─주변에 특이할 만한 사항은 없다.

로 마무리가 될 만큼 별다를 것이 없었다.

"우리가 너무 민감했나?"

사실 경비의 어색한 행동 외에는 단서가 없었으니 말이다.

─그럴지도.

납골당의 위치와 특징 때문인지 오가는 사람이 거의 없는 곳이라 진운과 레이나 외에는 납골당 관리사무소에서 느껴지는 인기척이 전부였다.

"쩝. 별것 아니겠지?"

사실 바벨의 탑에서는 매일 온몸을 긴장시키면서 수련도 했고, 죽을 위기도 몇 번이나 넘겼다.

그 절박한 곳에서 벗어난 지 얼마 되지 않았기에 아직 서로 민감한 상태라고 생각하기로 했다.

레이나는 계속 미심쩍어 했지만, 결국 10분 넘게 도로를 걸어도 아무런 일이 일어나지 않자 겨우 경계를 풀었다.

─진운.

"응?"

주변을 살피느라 납골당을 나와서 한동안 서로 말 한마디 없었는데 레이나가 먼저 입을 열었다.

—최우선적으로 내가 돌아가기 위한 힘을 빌려주겠나?

똑바로 진운을 바라보면서 말하는 레이나의 모습에 진운
은 생각할 필요도 없이 즉시 대답했다.

"당연한 거 아니야? 필요하면 내가 같이 가서 도와주고 싶
은 심정이야. 물론 레이나가 살고 있는 대륙이라는 곳에서 다
시 이곳으로 돌아올 수 있을 때의 이야기지만."

진운은 기세 좋게 이야기했지만 역시나 조건을 단 것이 미
안한지 슬쩍 말꼬리를 흐렸다.

그렇지만 진운의 대답에 레이나는 웃었다.

—고맙다.

"고마워할 거 없어. 레이나, 너와 난 생사를 함께한 사이
야. 지금 이 순간 위험이 닥치게 되면 난 두말하지 않고 너에
게 내 등을 맡길 수 있어."

진운이 아까의 실수를 만회하려는 듯 힘을 주어 말하자,

—그건 나도 마찬가지다. 너와 난 호흡이 잘 맞도록 수련을
했으니 말이다.

"하긴 그렇지. 드래곤을 죽일 작정으로 수련했으니… 안
맞으면 그게 더 이상하지. 후후훗."

진운은 지금도 자신이 드래곤을 죽였다는 것이 믿어지지
않았다.

마치 이대로 잠들었다 일어나면 어디 사막이거나, 아니면

자신이 홀로 살고 있던 원룸일 것 같았기 때문이다.

하지만 반대로 레이나가 곁에 있기에 확실히 현실로 느껴지기도 했다.

그리고 무엇보다 오른손 약지에 끼워져 있는 반지의 존재가 너무나도 선명하게 느껴졌다.

"아, 얼른 가까운 도시에라도 도착하면… 우선 은행에서 돈을 찾아 옷부터 바꿔 입어야겠다."

―……?

"왜?"

―우리 옷이 이상한가?

"후후훗, 많이 이상하지. 레이나가 보기에는 평범할지 몰라도 내가 살던 이곳의 시선으로는 너무나 이상한 옷이야. 뭐랄까, 딱 거지들이 입는 그런 옷?"

―…….

진운의 말에 레이나는 입을 다물어 버렸다.

확실히 진운이 살던 이곳에 대해서는 설명을 아무리 들어도 이해할 수 있는 것에는 분명하게 한계가 있었다.

Chapter 03
돌아왔지만

찌릿!

"……?"

레이나와 이야기를 하면서 거의 납골당이 눈으로 보이지 않을 만큼 걸어왔을 때다.

갑자기 진운의 몸에 이상한 느낌이 왔다.

마치 피부를 무언가로 찌르는 듯한 느낌 말이다.

─왜 그러지?

"아니… 잘못 느꼈나?"

사실 진운은 이런 느낌이 처음이기에 이게 뭔지 알지도 못했다. 대문에 레이나에게 설명할 방법은 더더욱 없었다.

아주 찰나의 순간, 스치듯 몸을 통과해 버린 느낌이기에 뇌리에는 남아 있지만 정확하게 설명하기는 힘들었다.

하지만,

찌리릿!!

방금 전과는 확연히 다른 강도로 또다시 느낌이 왔다.

마치 온몸의 피부를 바늘로 콕콕 찌르는 듯한 촉감까지 느껴진 것이다.

휙!!

진운은 본능적으로 호흡법을 시작하면서 주변을 살폈다.

납골당에서 제법 떨어진 곳이라 그런지 주변은 배추나 고추 등을 키우기 위해 만들어놓은 밭이 넓게 펼쳐져 있을 뿐이다.

혹시나 싶어 양쪽을 살피다 아무런 이상이 없자 진운은 뒤로 시선을 돌렸다.

"…자동차?"

제법 먼 거리였지만 평지에 도로가 일직선으로 뻗어 있는데다, 마나의 적응을 끝낸 진운의 눈은 웬만한 매의 눈을 능가하는 시력을 가지고 있었다.

도로 끝에 그림처럼 찍히 검은 점으로 보이는 것이 자동차라는 것을 금방 알 수 있었다.

그런데 진운이 자동차를 쳐다보자,

찌리리릿!!

확연하게 몸에 전류가 흐르듯 느낌이 왔다.

레이나도 진운의 시선을 알아채고 같이 뒤를 바라보았다.

"옆으로 빠지네."

진운이 너무나 노골적으로 바라봐서인지 아니면 원래 옆으로 빠지려고 했던 건지 모르지만 검은 자동차는 속도를 줄이더니 옆의 작은 길로 빠져서 나가 버렸다.

"아닌가?"

진운도 지금 이 느낌이 뭔지 확실히 알 수 없어서 고개를 갸웃거렸지만 다시 걷기 위해 고개를 돌렸다.

"……!!"

뒤에만 집중한 탓일까?

이변을 알아채지 못했다.

진운이 다시 몸을 돌려 걷기 위해 앞을 바라보는 순간 검은색 자동차 하나가 정확하게 진운과 레이나를 향해 돌진하고 있었다.

부아아아아아앙!!

마치 진운이 고개를 돌리는 것을 기다렸다는 듯 갑자기 격렬한 엔진 음까지 뿜어내면서 다가오는 검은색 자동차는 오히려 속도를 올리고 있었다.

　거기다 지금 진운과 레이나가 걷고 있는 차선은 오른쪽이다.
　즉, 지금 진운과 레이나를 향해 미친 듯이 달려오고 있는 저 차는 역주행을 하고 있다는 것이다.
　"젠장!!"
　찌리리릿!!
　뒤쪽에 정신을 빼앗긴 사이에 너무나 가까이 다가와 있던 검은 차가 다가올수록 진운의 몸은 격렬하게 반응했다.
　'날 죽이려고 한다!'
　다른 걸 떠나서 그것 하나만큼은 확실해 보였다.
　부아아아아앙!!
　바로 한 걸음 앞까지 다가온 검은 차의 모습에 진운은 생각할 것도 없이 몸을 웅크리면서 허공에 손을 뻗었다.
　덥석!
　그러자 아무것도 없던 허공이 진운의 손에 잡혔고, 그걸 힘차게 잡아당기자 허공에서 온통 검은색의 검 한 자루가 진운의 손에 들려 있다.
　"어퍼!!"
　검을 뽑은 진운은 오러 블레이드를 만들며 그대로 아래에서 위로 휘둘렀다.
　"슬래시!!"

스경~

그 움직임은 본능적이었다.

피할 수 없음을 직감한 순간 허공에 숨겨놓은 검을 꺼내, 마스터 검술 어퍼 슬래시를 펼쳤다.

자동차라는 것이 무색할 만큼 깨끗하게 반으로 잘린 자동차는 아슬아슬하게 진운과 레이나가 서 있는 곳을 살짝 피해 양쪽으로 갈라지더니,

쾅, 콰콰콰쾅!!

아스팔트를 미친 듯이 구르기 시작했다.

거의 10m 이상 굴러가서야 겨우 멈췄지만 깨끗하게 반으로 잘려 찌그러질 대로 찌그러져, 더 이상 자동차로 불리기는 어려운 모습이었다.

꿈틀!

그런데 그 상황에서 운전석이 있는 쪽에서 무언가 꿈틀거리는 게 진운의 눈에 보였다.

타핫!!!

그걸 보자 진운은 생각할 것도 없이 단숨에 뛰어올라 한걸음에 부서진 차까지 날아갔다.

"꺼… 억… 꺼억… 쿨럭!"

뭔가 꿈틀거리기에 한달음에 날아오긴 했지만 막상 왔을 때 진운의 눈에 보인 것은 팔다리가 뒤로 꺾인 남자였다. 부

상이 심각한 듯 머리에서는 피가 끊임없이 흘러내리고 입에
서는 피거품을 겨워내고 있었다.

─아는 사람인가?

레이나도 어느새 진운의 옆으로 와서 물어보자 진운은 고
개를 저었다.

전혀 본 적이 없는 사람이다.

"젠장……."

막상 본능적으로 차를 세로로 잘라 버리긴 했지만, 사람이
이 모양이 된 것을 직접 보니 진운의 마음이 편할 리가 없다.

그런데 아직 끝난 게 아니었다.

─진운!

운전석의 다 죽어가는 남자 때문에 잠시 얼이 빠져 있던 진
운을 날카롭게 부르는 레이나의 목소리에 고개를 돌렸다.

─조금 전 그 차다!

마치 경주를 하듯 맹렬하게 달려오는 차가 보였다.

그것도 아주 눈에 익은 차로, 분명 좀 전에 샛길로 빠졌던
차다.

하지만 지금은 마치 진운을 죽이려는 듯 달려들고 있다.

찌릿!! 찌릿!!

차를 바라보자 진운의 몸은 좀 전과 같이 경고를 보냈고,
지금에서야 진운은 이 느낌이 뭔지 이해가 되었다.

"살기… 였구나."

일반적으로 살기(殺氣)란 고도의 훈련을 한 사람들만이 내뿜는 그런 신기의 기술로 알고 있지만, 사실 평범한 사람도 얼마든지 뿜어낼 수 있는 기운이다.

다만 오로지 상대를 죽이겠다는 맹목적인 목적이 동반되었을 때만 살기가 강하게 뿜어져 나온다는 게 특징이다.

그런데 진운은 이미 마나의 적응을 마친 이후라 스스로가 알지 못하는 사이에도 주변의 위험으로부터 몸을 지키기 위해 감각이 민감하게 유지되고 있는 상태였다.

특히나 살기에 관해서는 웬만한 고성능 레이더 못지않은 정확성을 가지고 있다.

살기라는 것을 처음 느껴본 진운은 처음에는 이게 뭔지 도무지 알 수가 없었지만 검은 차로 인해서 한번 위험을 당해보고 나자 확실하게 이해가 되었다.

―저건 내가 처리한다.

이유는 모르지만 레이나는 자신과 진운을 죽이려고 했던 녀석들을 용서할 생각이 추호도 없었다.

거기다 방금 검은 차는 너무나 가까웠기에 진운이 처리했지만, 지금 오는 두 번째는 레이나가 상대하기에 충분한 거리가 있었다.

이미 준비는 되어 있다.

찌이잉!!

레이나의 몸 주변으로 마나가 반응하기 시작했고, 레이나의 양손에 작은 원이 그려지면서 오망성이 빛을 발했다.

레이나가 직접 만든 마법진과 수인 마법을 합쳐 만든 퓨전 마법이 발동 준비가 끝난 것이다.

드래곤 대항용으로 만든 퓨전 마법은 캐스팅이 없고 위력은 일반적인 캐스팅을 사용한 마법에 비해 결코 뒤지지 않는다는 장점이 있다.

하지만 단점도 있으니 레이나만 사용할 수 있는 독문 마법이라는 것이다.

휘리리릭!!

레이나의 몸 주변으로 마나의 농도가 올라갔는지 바람이 불지 않는데도 레이나의 금빛 머리카락이 휘날렸다.

부아아아아앙!!

그리고 레이나가 마법을 준비하는 와중에도 검은 차는 미친 듯이 달려서 거의 눈으로 차 안의 사람이 보일 만큼 가까워졌다.

씨익~

거의 시속 120㎞는 가뿐하게 넘을 것 같은 속력으로 미친 듯이 달려오는 차를 바라보고 있는 레이나는 오히려 입가에 미소를 지었다.

―디그(Dig).

레이나의 입에서 나온 것은 짧은 한마디였지만 그 파괴력은 뒤에서 보고 있는 진운의 상상을 뛰어넘었다.

쿵!!

부아아아앙!!

레이나의 주문이 끝나자마자 갑자기 미친 듯이 달려오던 검은 차의 앞부분을 보이지 않는 커다란 쇠망치가 내려찍은 듯 땅으로 꺼져 버렸다.

앞부분이 주저앉은 만큼 검은 차의 뒷부분이 들리더니 마치 포물선을 그리듯 레이나 바로 앞에서 허공으로 떠올라 진운과 레이나를 피하듯 공중회전을 하면서 뒤쪽으로 떨어져 내렸다.

콰콰쾅!!

치리리리리리릭!!

검은 차가 떨어질 때 충격음과 함께 자동차가 아스팔트를 미끄러지면서 내는 마찰음이 잠시 동안 주변을 가득 채웠다.

뒤집힌 차가 가봐야 얼마나 가겠는가? 곧 멈추었다.

"……"

진운도 설마 레이나가 이렇게 화려하게 처리할 줄은 생각지 못했는지 레이나를 빤히 바라보자,

―가장 확실하게 처리해야 하지 않았나?

"뭐 그야 그렇지만……."

물론 레이나의 말이 틀린 건 아니었지만 결과적으로 진운이나 레이나나 서로 경험이 없다 보니 위력이 강하고 확실한 방법으로 처리해 버렸다.

그리고 그 결과,

"둘 다 죽어버렸네."

뒤집힌 상태로 헛바퀴가 돌고 있는 두 번째 검은 차 곁으로 다가가 살펴보니 목이 완전히 꺾여서 혀를 빼물고 죽어버린 운전자의 시체만 남아 있었다.

진운은 너무 갑작스런 상황이라 어쩔 수 없이 오러 블레이드를 이용해서 잘라 버렸지만 레이나는 자동차가 얼마나 강한지 몰랐기에 그나마 확실한 마법으로 처리해 버린 것이다.

결과적으로 뭔가 알아내지도 못한 채 두 남자의 죽음만 기록하고 말았다.

시체와 차를 레이나가 마법으로 깨끗하게 처리하고 난 뒤 둘은 우선 납골당과 그리 멀지 않은 곳에 몸을 살짝 숨기고 있었다.

"정말 올까?"

―지금까지 내 경험으로는 온다.

"음."

이런 스릴러 영화 같은 상황이 처음인 진운은 레이나의 말을 듣고 솔직히 과연 그럴까 하는 생각을 했지만 우선 기다려보기로 했다.

그 때문에 일부러 시체와 부서진 차는 처리했지만 사고 흔적만큼은 그대로 놔둔 것이다.

레이나의 계획은 이랬다.

분명히 누군가 확인하러 다시 올 테니, 그때까지 기다려서 정체를 알아보자는 것이다.

일반적으로 뭔 일을 저질렀을 경우, 특히나 저지른 일이 큰일일 경우 사람의 심리는 그것을 확인하고 싶어한다.

범죄 수사에서도 범인은 꼭 자신이 범죄를 저지른 장소를 한 번은 찾아온다는 것이 거의 불문율에 가까울 만큼 정설이다.

물론 진운이 이런 것을 알 리는 없지만 레이나는 대륙에서 온갖 경험을 했던 하이엘프다.

살아온 세월만 해도 몇 백 년에 달할 만큼 오래 살았고, 엘프의 특징이라는 뾰족한 귀도 아니기에 인간을 접해본 경험이 많았다.

특히나 너무나 뛰어난 외모 덕분에 별의별 짓을 다 당해봤으니 진운이 생각하는 것 이상으로 인간에 대해서 잘 알고 있었다.

그런 레이나의 생각만 믿고 떠나지 않고 그 자리에서 몇 시간을 기다렸을까?

"검은 차……."

진운과 레이나를 습격했던 것과 똑같은 모양에 똑같은 검은색의 차 한 대가 오더니 정확하게 사고가 났던 지점에 멈춰 섰다.

그리고는 차 안에서 두 명의 남자가 내렸다.

옷차림은 평범했지만 덩치는 웬만한 씨름 선수 못지않을 만큼 크고, 멀리서 봐도 근육질 몸매가 훤히 보일 정도로 건장한 남자들이었다.

"정말 왔네."

진운은 설마 진짜로 레이나 말대로 녀석들이 다시 나타날 줄은 몰랐기에 많이 놀라고 있었다.

―진운, 어떻게 할래?

뽀드득!

레이나가 녀석들을 보면서 진운에게 묻자 진운은 이를 갈면서 호흡을 시작했다.

찌이잉!

진운의 호흡이 시작되자 곧바로 주변의 마나가 모여들어 순식간에 진운의 몸은 마나로 가득 찼다.

"확실하게 복수해야지. 그리고 왜 나를 노렸는지도 알아내야지.”

레이나를 노렸을 가능성은 제로에 가까우니 진운을 노렸다고 볼 수밖에 없다.

타앗!

진운은 마나가 몸에 완전히 가득 찬 것을 확인하자마자 곧바로 몸을 날렸다.

가볍게 나무를 차고 오른 것 같지만 거의 10m 넘는 거리에 있던 진운은 한 번의 도약만으로 이미 녀석들 앞으로 내려섰다.

레이나도 엘프 특유의 날렵한 움직임으로 곧장 땅을 박차고 진운의 뒤를 따랐다.

퍼걱!

털썩!

팍!!

털썩!

레이나가 현장에 도착한 순간 이미 진운의 주먹 두 방에 건장한 녀석들은 흰자위를 보이며 그대로 기절해 버렸다.

“뭐가 이리 약해?”

그런데 막상 녀석들을 때려눕힌 진운이 더 놀라고 있었다.

진운은 그저 빠르게 처리하려는 생각에 바닥에 내려서자마자 곧바로 가까이 있던 한 놈의 품으로 파고들었다.

마나의 적응이 끝난 데다 마나가 가득 찬 진운의 몸의 움직임은 거의 빛에 가까울 만큼 빨랐기에 녀석들이 뭐라고 반응을 보이기도 전에 진운의 주먹이 턱에 작렬했다.

그리고 곧바로 발만 살짝 옮겨서는 뒤통수를 후려쳤다.

공격당한 녀석들은 눈앞에 무언가가 나타났는지도 모르고, 그저 빛이 잠깐 스치고 지나갔다고만 느꼈으리라.

반대로 진운은 녀석들이 반응도 안 하고 가만히 서 있는 것처럼 보였다.

진운은 자신의 움직임이 녀석들이 반응조차 하지 못할 만큼 빨랐다는 것을 거의 인식하지 못하고 있는 것이다.

지금까지 수련하면서 상대해 온 존재는 레이나뿐이다.

레이나는 마법에 좀 더 탁월한 능력이 있긴 하지만 실제로 검술도 웬만한 기사는 장난으로 찜쪄먹을 수준이었다.

특히나 엘프 특유의 가벼우면서도 빠른 움직임이 특기였다.

그런 상대로 수련한 진운은 그런 빠른 공격과 움직임이 너무나 당연했던 것이다.

그러다 보니 진운의 움직임을 보지도 못하고 당해 버린 녀석들이 오히려 왜 멍하니 얻어맞았는지 당황할 수밖에 없었다.

확실히 급하게 편법으로 강해진 진운은 아직 자신의 능력을 확실하게 되돌아볼 필요가 있었다.

—홀드(Hold).

완전히 바닥에 쓰러진 녀석들이지만 레이나는 오자마자 녀석들을 홀드 마법으로 꽁꽁 묶어버리고는 그중 자신과 가까이 있는 녀석의 머리채를 아무렇지도 않게 덥석 잡았다.

"레, 레이나!"

진운이 레이나의 행동에 당황해서 급히 레이나를 부르자,

—왜 그러지?

"머리채를 잡고 끌고… 가게?"

—그렇다.

"야, 아무리 그래도… 그건 좀……."

아직 진운에게는 아무리 적이지만 기절한 녀석들 머리채를 잡고 질질 끌고 가려는 레이나의 행동이 과하다고 느껴졌다.

하지만 그런 진운의 말에 레이나는 오히려,

—진운!

"응?"

—동정은 버려라. 죽느냐 사느냐 하는 문제가 달려 있어도 넌 그따위 것을 따지면서 행동할 생각이냐?

섬뜩!

무서운 눈빛으로 진운을 바라보는 레이나의 눈빛에 진운

은 자신이 실수했다는 것을 깨달았다.

녀석들은 자신과 레이나를 죽이려 했다.

그런데 그런 녀석들을 동정하다니, 잠깐이지만 그런 생각을 한 자신이 갑자기 바보같이 느껴졌다.

죽느냐 사느냐 하는 문제가 달렸는데 그깟 머리채 잡고 끌고 가는 것은 오히려 아무것도 아닌 것이다.

하지만 진운은 곧바로 레이나처럼 머리채를 잡고 끌고 가지는 못했다

대신 뒷덜미를 잡고는 레이나의 뒤를 따랐다.

역시나 레이나의 저 성격만큼은 같이 지낸 시간이 오래된 진운도 아직까지는 적응하기 힘들었다.

진운은 기절시킨 녀석들을 대충 잘 보이지 않는 곳에 데려다 놓고는 다시 돌아와서 이번에는 차를 운전해서 잘 보이지 않는 작은 길에 세워두었다.

다시 레이나가 있는 곳으로 와보니,

뒤적뒤적.

레이나가 이미 기절한 데다 홀드 마법으로 완전히 꼼짝도 못하는 녀석들을 속옷만 남기고 모두 벗겨 버리고 있었다.

"옷은 왜 벗겨?"

─숨겨둔 무기가 있을 수도 있으니까.

"하아……!"

철두철미한 레이나의 행동에 진운은 더 이상 뭐라 말하기를 포기했다.

도대체 대륙이라는 곳이 얼마나 살벌한 곳이기에 아무리 엘프라지만 여자인 레이나가 저런 행동을 서슴없이 하는지 현대 사회를 살아온 진운에게는 쉽게 이해가 가지 않았다.

물론 레이나의 행동에 뭐라고 하진 않았다.

상대는 적과 한통속으로 보이는 녀석들이니 말이다.

─이런 게 나왔는데 진운, 넌 이게 뭔지 알고 있나?

레이나가 팬티 한 장만 빼고는 완전히 홀딱 벗겨서 꼼꼼하게 찾아낸 것을 바닥에 늘어놓으면서 진운에게 물었다.

진운도 레이나가 찾아낸 것을 하나씩 살펴보다가 유독 하나에 시선이 멈췄다.

"권총?"

진운이 다뤄본 총은 바벨의 탑 안에서 사용했던 연식이 제법 오래된 구형 군용 권총뿐이었다.

이미 사용해 본 경험이 있기에 모양이 조금 다르다고 해도 손으로 잡아본 것만으로도 묵직한 느낌과 함께 실제 권총이라는 것을 알아봤다.

'무겁다. 이거 모조품이나 그런 장난감은 아닌 것 같은데……'

탄창을 분리시키자 탄창 빼곡히 들어 있는 실탄이 보였다.

끼릭~

그래도 혹시나 싶어서 탄창에서 실탄 하나를 꺼내 살펴본 결과 정말 권총이 맞았다.

"설마 이것도?"

진운은 남은 한 정의 권총도 탄창을 분리해 실탄을 확인하고 나자 생각 이상으로 일이 복잡하게 되어가고 있다는 느낌이 들었다.

생각 이상으로 위험한 상황에 자신이 놓였다는 것을 직감한 것이다.

한국은 총기류 휴대가 불법이다.

갱들이 자기들 싸움에 자동소총을 난사하는 미국과 달리 한국은 총기 사고가 발생하면 공권력이 작정을 하고 달려들기에 웬만해서는 조직 폭력배도 권총을 사용하는 일이 거의 없다.

하물며 이렇게 품에 개인당 한 정씩 권총을 가지고 다니는 일은 더더욱 잘 없다.

그런데 진운이 권총 다음으로 지갑을 열어보는 순간,

"하아, 미치겠네."

라는 말이 먼저 진운의 입에서 튀어나왔다.

―……?

인상을 찡그리면서 뭔가 잘못되었다고 생각하는 진운의

표정에 레이나도 뭔가 이상하다는 것을 느꼈다.

"레이나, 이 사람들… 국정원 요원이야."

―국정원?

레이나는 진운이 말한 국정원이라는 단어가 무엇을 뜻하는지 이해하지 못했다.

"국가정보원이라는 뜻이야."

―국가정보… 원……? 아, 왕실의 비밀기사단 같은 건가?

레이나는 자신이 그나마 알고 있는 상식에서 빗대어 말하자 진운은 고개를 끄덕였다.

그런데 그런 진운의 대답에 레이나는 오히려 고개를 갸웃거리면서,

―진운, 너 왕자인가?

"왕자는 무슨, 이제 피붙이 하나 없는 고아구만."

―그럼 왜? 왕실 비밀기사단에 해당하는 국정원이 너를 찾아온 거지?

"그건 나도 모르겠는데?"

오히려 진운이 레이나를 붙잡고 묻고 싶은 심정이다.

자신을 죽이려고 하는 녀석들이 나타나질 않나, 그리고 혹시나 다른 녀석들이 확인 차 올 것을 예상해서 기다렸다 때려잡았더니 그 녀석들이 국정원 직원이라는 것에 당황하지 않을 수가 없었다.

—그럼 이 녀석들을 깨우면 되겠지.

레이나는 모르면 녀석들을 깨워서 물어보면 된다는 생각에 그대로 몸을 돌려 양손에 마나를 모으더니,

—웨이크(Wake).

각성 마법을 사용했다.

들썩! 들썩!

몸에 순간적이지만 강력한 진동을 일으켜 죽지만 않으면 무조건 깨어난다는 웨이크 마법을 사용하자 역시나 효과는 바로 나타났다.

"쿨럭!"

"크윽!"

거의 동시에 기절했던 국정원 요원 둘은 곧바로 신음 소리와 함께 깨어났다.

그리고는 눈을 뜨자마자 레이나와 진운을 보더니 심하게 당황했다.

"……!"

"……!"

웬만한 상황에는 동요하지 않도록 훈련받은 요원들이지만 지금은 아니었다.

기습을 받아 기절했다가 깨어났는데 보통의 미녀라고 불리는 사람은 옆에 있어봐야 오히려 못생겨 보일 레이나와 함

께 진운의 얼굴을 확인하고는 눈동자가 심하게 흔들렸다.

　나름 곧바로 추스르긴 했지만, 진운이나 레이나가 그런 것을 놓칠 수준은 아니었다.

　―내가 할까?

　"아니. 우선 내가 묻고 싶은 게 더 많으니까."

　진운은 레이나 앞으로 나서면서 국정원 직원 두 명을 똑바로 내려다봤다.

　"……."

　똑바로 진운과 눈이 마주친 국정원 요원 두 명은 잠시 고개를 돌리는 듯하더니 오히려 진운을 노려보기 시작했다.

　"왜 저를 죽이려 했습니까?"

　"……."

　입을 다물기로 작정했는지 진운이 조용하게 물었지만 국정원 요원은 입을 열지 않았다.

　진운도 사실 물어본다고 바로 대답할 리는 없다고 생각하고 있었다.

　그런데 막상 대답은 들어야겠는데, 어떻게 해야 할지 생각나는 것이 없다.

　일반인의 삶을 살아온 진운이 정보를 얻기 위해 취해야 하는 행동이나 방법에 대해서 알고 있을 리가 없으니 말이다.

　그때 레이나가 슬쩍 진운의 앞으로 오더니,

─내가 도와줄까?

"응? 무슨 방법이 있어?"

─본래 왕실이나 국가를 등에 업고 움직이는 인간들은 쉽게 입을 열지 않는 편이란 것은 나도 알고 있다. 하지만…….

슬쩍 진운 앞으로 다가온 레이나는 한쪽 발을 올리더니 국정원 요원 중 한 녀석의 사타구니에 발을 올려놓는 것이 아닌가?

진운은 레이나의 행동이 무엇을 뜻하는지 이해가 가지 않았다.

─남성을 고문할 때 가장 확실한 방법은 바로 이거지.

꾸욱!

레이나는 너무나도 아름다운 얼굴과 전혀 어울리지 않게 사타구니에 올려놓은 발에 힘을 주어 누르기 시작했다.

"크, 어어억!!"

국정원 요원도 설마 레이나처럼 아름다운 얼굴의 여성이 이런 악랄한 방법을 사용할 줄은 전혀 예상하지 못했는지 심하게 당황하기 시작했다.

정작 레이나의 가녀린 발에 밟히고 있는 요원은 입에 게거품을 물고 눈동자가 뒤집히고 있었다.

─진운, 적을 상대할 때는 이것만 기억해 줬으면 한다. 적은 결코 동정을 가져서는 안 된다는 것을 말이야.

그리고는 천천히 밟고 있던 발에 힘을 주더니,

콰직!

그대로 발목까지 파고들어 갈 만큼 강한 힘으로 사타구니를 밟아버리고 나서야 발을 거두는 레이나이다.

―남자구실 못하겠지만 살아 있으니 안심해라.

꿀꺽.

순간 레이나의 말에 진운은 자신도 모르게 사타구니에 손을 가져다 대었다.

이건 남자에게 죽는 것보다 더한 고통인 것이다.

차라리 죽는 게 나았다.

남자구실을 못하는 남자라니 그건 살아도 산 게 아니었으니 말이다.

하지만 아직 레이나는 끝난 게 아니었다.

―이 녀석은 말하기 틀린 것 같고, 그럼 네가 말해주면 좋겠는데.

레이나의 목소리는 마치 옥구슬이 굴러가는 듯 맑고 청아했지만 국정원 요원에게는 그 어떤 악마의 것보다 무섭게 들렸다.

"헉!!"

바로 옆에서 동료의 사타구니가 완전히 짓밟히는 것을 두 눈으로 똑똑히 봤기에 레이나의 발이 자신의 사타구니에 올라오자 그가 느끼는 공포는 이루 말로 할 수 없을 정도였다.

뚝뚝뚝.

서늘한 바람이 부는 지금 날씨에 국정원 요원의 이마에서는 땀이 흘러서 바닥에 떨어지고 있었다.

―왜 진운을 죽이려고 했지?

홀드 마법으로 입으로 말하는 것 외에는 손가락 하나 까딱할 수 없는 국정원 요원은 자신의 사타구니에 천천히 힘을 주면서 부드럽게 말하는 레이나의 모습에 이미 정신이 반쯤 나가 버렸다.

"마, 마, 말하게… 습니다. 말하겠습니다!"

말하지 않으면 무조건 자신도 옆의 동료와 같이 남자구실을 못하게 된다는 공포는 정말 엄청났는지 국정원 요원은 결국 고함치듯 입을 열었다.

―그럼 들어볼까?

스윽~

그제야 요원의 사타구니에서 발을 치우며 레이나는 싱긋 웃는 모습까지 보였지만, 요원에게 레이나의 웃음은 악마의 웃음 그 자체였다.

그리고 국정원 요원이 입을 열기 시작했고, 진운과 레이나는 천천히 이야기를 들었다.

그런데 이야기가 진행될수록 진운의 표정이 점점 일그러

지기 시작했다.

그러다 거의 마지막에 이르러서는,

쾅!!

진운은 자신도 모르게 주먹에 마나를 실어 옆의 나무를 후려쳐 버렸다.

우드득!

털썩!

거의 10년은 자란 것처럼 보이는 굵은 아카시아 나무가 진운의 주먹 한 방에 완전히 부러져 넘어갔다.

그래도 진운은 화가 가라앉지 않는 듯 몸 안의 마나가 심하게 움직이고 있었다.

그와 동시에 레이나도 국정원 요원을 차갑게 바라보면서,

—한마디로 이용하다 쓸모가 없어져서… 비밀 유지를 위해… 죽여 버렸다 이거군?

진운이 저렇게 흥분한 이유, 그리고 레이나가 국정원 요원을 살기를 실어서 노려보는 이유는 진운의 아버지의 죽음이 바로 국정원에서 저지른 짓이기 때문이었다.

진운의 아버지는 무역업을 하는 와중에 국정원의 요원으로부터 은밀한 제안을 받았다는 것이다.

중소기업에 해당하던 무역상사에 국정원 직원이 와서 은밀히 거래를 제안한 것 자체가 이상했지만 신분이 확실했기

에 의심하진 않았는데, 국정원 직원은 너무 터무니없는 것을
요구했다.

바로 러시아 핵탄두를 한국으로 비밀리에 가져오는 것을
부탁했던 것이다.

당연히 진운의 아버지 정호식은 그 자리에서 거절했다.

하지만 국정원은 애초에 그럴 것을 알고 있었는지 진운이
다니는 학교에서 찍은, 진운의 얼굴이 선명하게 찍힌 사진 한
장을 내밀고는 협박하기 시작했다.

사실 국정원이 진운과 정호식을 선택한 이유는 바로 일가
친척이 하나도 없고, 자수성가를 해서 무역업을 일군 배경 때
문이었다.

한마디로 쓰고 버리기 좋은 패로 선택한 것이다.

분명히 정호식도 자신이 토사구팽당할 것을 알고 있었다.

하지만 지금 당장 거절한다면 국정원에서는 비밀 유지를
위해서 자신뿐만이 아니라 진운까지도 죽일 것이라 생각했
고, 결국 승낙해 버렸다는 것이다.

무슨 이유로 러시아에서 핵탄두를 가지고 오려 하는지는
지금 공포에 질려 자백하고 있는 국정원 요원도 모르고 있는
듯했지만, 진운의 아버지인 정호식의 죽음이 국정원의 짓이
라는 것은 확실해 보였다.

당연히 이런 말을 듣고 진운이 흥분하지 않는다면 그게 더

이상할 것이다.

지금 국정원 직원은 자신이 말하긴 했지만 진운이 아카시아나무를 주먹 한방에 부러뜨리는 모습에 숨이 멈추는 느낌을 받았다.

아카시아나무는 질기기로 유명했는데, 그런 아카시아나무를 맨주먹으로 부러뜨렸으니 놀라는 건 당연했다.

하지만 국정원 직원은 한 가지 잊고 있는 게 있었다.

흥분한 진운보다 오히려 레이나가 더 무섭다는 사실을 말이다.

—이제 필요 없군.

이야기도 다 들었고 적이 확실한 마당에 레이나는 녀석들을 살려둘 이유가 없었다.

아니, 오히려 살려두면 진운과 레이나 자신에게 어떤 피해가 올지 모를 위험한 녀석들이다.

특히나 권력을 등에 업고 있는 녀석들이 얼마나 지독하고 악랄한지 레이나는 너무나 잘 알고 있었다.

대륙이나 이곳이나 결국 인간이 사는 곳이고, 인간의 본성은 결국 같다는 판단이었으니 말이다.

"자, 잠깐만. 아직 말하지 않은 것이……!"

레이나의 움직임이 뭔가 이상하다고 느낀 국정원 요원이 뒤늦게 레이나에게 뭔가 말하려고 했지만 이미 늦어버렸다.

레이나는 국정원 머리에 손을 살며시 가져다 올려놓고는 머리에 집중적으로 웨이크 마법을 실행했다.

"끄!! 어… 어……."

인간의 몸을 강력한 진동으로 깨우는 마법을 머리에 집중했으니 이미 레이나가 손을 떼는 순간 뇌가 곤죽이 될 것은 당연했다.

그리고 입에 게거품을 물고 기절해 버린 다른 녀석에게도 똑같이 웨이크 마법을 사용하고는 깨끗하게 태워 버렸다.

뼛조각 하나 남지 않을 만큼 아주 강력한 불꽃으로 흔적조차 남기지 않게 말이다.

그렇게 레이나가 국정원 요원들을 처리하는 동안 진운은 한참 동안이나 자신의 분노를 삭이는 데 시간을 보내야 했다.

Chapter
04
복수를 위해

—진운.

레이나가 진운의 곁으로 와서 부르자 눈에 핏줄이 터졌는
지 흰자위가 시뻘겋게 변한 진운이 레이나를 쳐다봤다.

"참… 거지같다."

진운은 지금 말로 표현하기 힘들 만큼 치뻗는 분노를 겨우
삭이고 있는 중이었고, 레이나가 그걸 모를 리 없었다.

터진 핏줄 때문인지 진운의 눈에는 피눈물까지 흘린 흔적
이 있다.

—그보다 진운, 이제 어떻게 할 거지?

지금 겨우 분을 삭이고 있는 진운에게 할 말은 아니지만 현재 가장 중요한 문제였다.

국정원에서 대놓고 진운을 쫓아다니고 있다면 정상적으로 한국에서 생활하는 것은 거의 불가능하다고 봐야 했다.

레이나도 엘프의 미모에 환장한 대륙의 귀족들에게 쫓겨 본 경험이 있기에 지금 진운의 상황이 결코 그냥 앉아서 가만히 있을 수가 없다는 것을 알고 물어본 것이다.

현재 이곳은 진운이 살던 곳이고, 진운이 레이나를 이끄는 입장이니 말이다.

"……."

진운은 사실 이렇게 상황이 변하리라고는 전혀 예상치 못했기에 머릿속이 혼란스러웠다.

뜻밖에 드러난 아버지의 죽음에 대한 진실, 그리고 국정원에서 대놓고 자신을 노리는 것까지 이미 개인이 상황을 처리하기에는 사건이 컸다.

하지만 이대로 물러나는 건 더더욱 말이 되지 않았다.

나라를 위한다는 목적으로 이용하고 버리는 행동이 절대로 용서받을 짓은 아니니 말이다.

"힘이 필요해."

드래곤을 죽이기 위해 편법으로 배운 힘을 넘어서는 진짜 강력한 힘이 필요했다.

상대는 국가 기관이다.

지금의 어설픈 힘으로는 분명히 한계가 있다는 것을 진운도 깨닫고 있는 것이다.

물론 지금 당장에라도 국정원이라는 곳을 쳐들어가서 모조리 죽여 버리고 싶지만, 그러기에는 진운의 힘이 부족했다.

확실히 레이나와 지내면서 그동안 생각이 깊어진 것도 있지만 강한 상대를 이기기 위해서는 뭐가 필요한지 냉정하게 돌아보는 시각을 가지게 된 진운이다.

—나도 돕겠다.

진운의 다짐에 레이나도 한몫 거들기로 하면서 우선 어디서 힘을 키워야 할지를 생각했지만 마땅한 곳이 없다는 게 문제였다.

당장 국외로 떠날 수도 없었다.

국가 기관의 눈이 얼마나 집요하고 무서운지 확실히는 모르지만 진운이 어디에 숨어 있더라도 얼마 가지 않아 있는 곳을 알아낼 것이다.

진운이 바벨의 탑을 벗어나자마자 한국으로 돌아온 것을 확인하고 처음 들른 곳이 바로 납골당이다.

그런데 그 짧은 시간에 벌써 습격을 받았다. 아버지와 같은 교통사고로 위장하기 위해서 말이다.

사실 국내에서 국가 정보기관의 눈을 피해서 숨어 지내는 것 자체가 거의 불가능하다. 만약 그게 가능하다고 해도 엄청나게 불편할 게 뻔하다.

하지만 진운은 그들의 눈을 피하는 것뿐만이 아니라 수련을 해야 하는 상황이었기에 사실상 불가능에 가까웠다.

그때 레이나가 진운을 지그시 바라보더니,

―진운.

"응?"

―한 군데가 있다. 세상 그 어떤 것으로부터 자유롭고 완벽하게 수련할 수 있는 곳 말이야.

씨익 웃으면서 말하는 레이나의 말에 진운도 순간 뇌리를 스치는 것이 있었으니,

"바벨의 탑!"

―거기는 그 어떤 존재도 찾고 싶다고 해서 찾을 수 있는 곳이 아니다. 그리고 무엇보다 이제 진운 네가 주인이니 저번처럼 탈출하기 위해 노력해야 할 필요도 없지 않나?

벌떡!

진운은 레이나의 말에 곧장 자리에서 일어섰다.

어쩌면 지금 이 순간에도 진운의 행적이 추적되고 있을 것이다.

―우선 산으로.

레이나는 짧은 말과 함께 가볍게 땅을 차고 뛰어오르더니

나무 사이를 가볍게 날아서 벌써 저만치 멀어져 갔다.

"별수 없나."

진운은 다시 그 지옥 같은 곳으로 돌아가야 한다는 것이 마음에 들지는 않았지만, 상황이 이렇게 되었으니 어쩔 수 없었다.

하지만 다짐했다.

다시 탑을 나오게 되는 그날, 확실하게 복수하겠다고 말이다.

"후우우웁."

쾅!!

가볍게 뛰어오르면서 나무 사이를 마치 땅위처럼 날아다니는 레이나와 달리 진운은 낮게 깔리듯 바닥을 차면서 물 찬 제비처럼 레이나가 사라진 방향으로 이동했다.

둘의 모습이 곧 사라져 버렸다.

그렇게 레이나와 진운이 사라진 후 한 시간가량 지났을까?

이전과 같은 검은색 차량 두 대가 급히 도착했다.

"이곳이 확실해?"

"네, 팀장님."

"흩어져서 찾아본다!"

갑자기 연락이 끊어져 버린 자신의 팀원을 찾기 위해 다른 팀원들이 결국 팀장까지 끌고 온 것이다.

　국정원은 철저하게 팀별로 움직이는 경우가 대부분이었다.

　정보를 다루는 일을 하다 보니 개별적으로 팀장이 명령을 받고, 그렇게 받은 명령을 팀원에게 전해주면서 위계질서가 그 어디보다 확실한 곳이기도 했다.

　그런데 그동안 별거 아닌 것처럼 처리했던 계획 하나를 마무리 짓기 위해 나갔던 네 요원의 소식이 완전히 끊어져 버린 것이다.

　일반적으로 요원들은 밖으로 나가게 되면 최소 한 시간에서 길게 잡아도 두 시간 안에는 팀장에게 연락을 해야만 했다.

　그렇게 위치를 파악하는 것도 있지만, 정보를 다루는 특성상 당연한 조치이기도 했다.

　하지만 벌써 네 시간 넘게 네 명의 요원이 사라졌다.

　당연히 팀에 비상이 걸릴 수밖에 없었다.

　열 명에서 최대 스무 명으로 이루어지는 팀의 특성상 서로가 너무나 잘 아는 경우가 대부분이다.

　그리고 이번에 사라진 네 명의 요원은 모두 팀장이 특별히 아끼는 요원으로, 별것 아니지만 믿고 맡길 수 있는 부하라서 명령을 내렸는데 그들이 약간의 시간적 차이를 두고 연기처럼 사라져 버린 것이다.

외곽 지역이고, 근처에 인가가 없는 곳이라 결국 경찰까지 동원해서 찾았지만 끝까지 사라진 네 명의 요원은 찾을 수가 없었다.

아니, 이들이 사라진 네 명의 요원을 찾지 못하는 것은 당연했다.

뼛조각 하나 남기지 않고 완전히 태워 버렸으니 찾을 수 있을 리가 없다.

물론 흔적을 찾긴 했다.

레이나와 진운도 아직 그 정도로 예민하게 국정원 요원들이 추적할 줄은 몰랐기에 대충 주변 정리만 했다. 그런데 정확하게 진운과 레이나가 국정원 요원들을 붙잡아둔 장소를 찾아낸 것이다.

하지만 그것뿐이었다.

그 후로 요원으로 보이는 두 명의 흔적과 여자와 남자로 보이는 흔적이 감쪽같이 사라져 버린 것이다.

아무리 과학이 발전해도 분명하게 한계가 있는 것은 어쩔 수 없었다.

"팀장님, 어떻게 하죠?"

국정원 요원 네 명이 비슷한 시각에 모두 한꺼번에 사라져 버린 것은 너무나도 큰일이기에 어쩔 수 없이 상부에 보고를 해야만 한다.

하지만 팀장은 지금 도대체 무슨 방법으로 사라졌는지 알수도 없는 상황에 어떻게 보고를 올려야 할지 난감했다.

그 시각, 진운과 레이나는 수십 킬로미터 밖에서 국정원 요원들과 경찰이 움직이는 것을 지켜보고 있었다.

물론 아무리 진운이 초인의 능력을 가지고 있다고 하지만 수십 킬로미터 밖의 상황을 지켜볼 수는 없었다.

하지만 레이나는 그게 가능했다.

잠깐이지만 주변을 지나던 까치와 패밀리어 계약을 맺어서 나무 위에서 이들의 움직임과 대화까지 모두 듣고 있었다.

―아직 모르고 있군.

국정원 요원들도 미리 파견된 요원들이 어떻게 사라졌는지 모르고 있다는 사실을 확인한 레이나는 안심하고서 다시 몸을 돌렸다.

진운만 홀로 남아 잠시 동안 경찰과 국정원 요원들이 움직이는 모습을 지켜보다 몸을 돌렸다.

"돌아온다. 꼭!"

그런데 레이나와 진운은 다시 탑으로 돌아가기 위한 방법을 몰랐다.

그렇기에 최대한 흔적을 지우고 이동한 것이다.

최악의 경우 탑으로 다시 돌아가지 못할 수도 있다는 생각을 하고 있지만 진운이 바벨의 탑의 주인으로 인정받은 이상 그럴 일은 없었다.

그런데 문제는…….

"어떻게 해야 다시 탑으로 돌아가지?"

바벨의 탑에서 벗어날 때는 다시는 이곳으로 돌아올 생각을 하지 않았던 진운이었기에 막상 다시 탑으로 돌아가고자 해도 방법을 몰랐다.

사실 레이나도 이것만큼은 확실하게 뭐라고 조언을 해줄 수가 없는 부분이다.

레이나가 바벨의 탑에 들어오게 된 것은 조금 복잡한 사연이 있었다. 고대로부터 전해져 내려오는 신비의 동굴이 있는데, 그것을 드래곤 레어로 알고 인간들끼리 차지하려고 전투를 벌였다.

레이나는 인간의 침입을 막기 위해서 동굴로 향했다.

결과적으로 그곳은 드래곤 레어가 아니었다.

그렇지만 그것을 받아들일 리 없는 인간들이 강제로 동굴로 들어가려 했고, 레이나는 어쩔 수 없이 스스로 문을 닫아 버렸다.

그리고 홀로 남은 레이나는 진운도 익히 알다시피 탑을 탈출하기 위한 피나는 노력을 시작했다.

하지만 진운도 레이나와 크게 다르지 않는 경우로 바벨의 탑에 들어왔으니 둘 다 탑으로 돌아가자고 생각은 했지만 막상 어떻게 가야 하는지 전혀 알지 못하고 있는 것이다.

그때,

"레메게톤이라면……."

탈출 방법이 쓰여 있던 레메게톤이라면 당연히 다시 들어가는 방법도 쓰여 있을 것이라고 생각한 진운은 곧바로 허공에 손을 뻗어 레메게톤을 꺼냈다.

진운 이외에는 그 누구도 만질 수 없는 레메게톤과 칼라드볼그는 진운이 원하면 언제든지 꺼낼 수 있도록 아공간에 보관되어 있었다.

솔로몬 왕의 배려인지 모르지만 그 때문에 두꺼운 책과 커다란 검을 굳이 들고 다니지 않아도 되는 편리한 점은 있었다.

하지만 단점도 있었으니, 아공간에 보관하다 보니 칼라드볼그와 레메게톤이 있다는 것을 가끔씩 잊어버리는 경우가 있었다.

이처럼 언제든지 볼 수 있다는 장점과 함께 너무 편해서 잊어버리는 단점이 있는 것이 아공간이었다.

펄럭펄럭.

진운은 레메게톤을 꺼내자마자 한 장씩 읽어보기 시작했다.

세상에 이런 언어가 있었는지조차 신기할 만큼 특이한 그림과 문자로 쓰인 마법서였지만 신기하게도 진운은 읽고 이해하는 데 전혀 문제가 없었다.

그리고 한참을 읽고 나서야 레메게톤을 덮은 진운은 홀가분한 듯 표정이 밝아졌다.

―찾았나?

레이나는 처음이야 레메게톤이 어떤 것인지 몰랐기에 같이 읽었지만, 그것이 진운의 소유라는 것을 알고 난 뒤로는 일부러 진운이 레메게톤을 읽을 때 살짝 떨어져 있었다.

특히나 진운이 살던 곳에서 대마법사에 가까운 엄청난 능력을 가졌던 솔로몬 왕이라는 존재가 남긴 유일한 마법서라는 것은 그만큼 가치가 컸다.

사실 레이나도 궁금하긴 했지만, 타인의 마법을 훔치는 것은 마법사들 사이에서는 절대로 해서는 안 되는 금기 중의 금기였기에 일부러 멀리 떨어져 있는 것이다.

마법사의 금기는 종족을 넘어서 절대로 해서는 안 되는 것이었다.

타인의 마법을 훔치는 것 외에도 몇 가지 더 있지만, 지금은 그것만 레이나에게 유효했다.

"응, 찾았어."

그리고는 오른손을 내미는 진운이었다.

"이 반지가 바로 바벨의 탑을 드나드는 열쇠야. 나올 때도 반지로 나왔으니 다시 탑으로 돌아갈 때도 반지의 힘으로 돌아갈 수 있어."

―굉장하군.

레이나는 순수하게 마법사의 생각으로 지금 진운이 끼고 있는 반지가 얼마나 엄청난 물건인지 알 수 있었다.

바벨의 탑은 진운과 레이나의 경우만 봐도 알 수 있듯이 차원을 서로 연결하는 기능을 가지고 있는 게 확실했다.

그리고 마법 중에서 차원 관련 마법은 드래곤조차도 아직 미지의 영역으로 남아 있는 마법이다.

어떤 이들은 차원 마법은 신들의 마법이라고 했다.

마법에 관해서는 거의 모든 것을 알고 있다는 드래곤조차 정확하게 차원 마법의 의미를 해석하지 못하고 있는 것을 보면 어쩌면 신들의 마법이라는 말이 맞을지도 몰랐다.

그런데 지금 진운의 오른손에 끼워져 있는, 보기에는 허름해 보이는 반지는 차원을 서로 이어주고 움직일 수 있는 바벨의 탑을 마음대로 할 수 있는 열쇠였다.

"게티아!!"

진운은 손을 뻗고 반지의 이름을 외치자,

쩌거거걱, 쩍걱!!

멀쩡하던 허공에 균열이 생기더니 부서져 내리기 시작했다.

허공의 파편이 사람이 드나들기 충분한 크기로 바뀌었을 때 그 붕괴가 멈췄다.

하지만 부서져 버린 허공의 빈 공간에는 검은 어둠과 은하수를 닮은 빛의 조각들이 회오리치듯 계속 움직이고 있었다.

─이게… 차원 마법…….

레이나는 반지의 힘으로 허공이 부서져 내리면서 생긴 공간을 보고는 단번에 차원 마법이란 것을 알았다.

하지만 일반적으로 마나를 사용하는 마법과는 그 궤를 완전히 달리하는 것인지 진운이 반지의 이름을 부르는 순간부터 지금까지 전혀 마나가 움직이지 않고 있다.

오히려 허공이 부서져 내리는 순간 마나들이 알아서 비켜주는 모습도 보였다.

처음부터 차원의 공간이 이곳에 있었다는 것을 인식하는 것처럼 말이다.

"레이나."

진운은 우선 레메게톤에 쓰인 대로 게티아를 이용해서 차원의 문을 열긴 했지만, 막상 쉽게 발이 떨어지지 않았다.

마치 작은 우주를 축소해 놓은 듯 끊임없이 움직이는 빛의 알갱이들을 보고 있자니 마치 빨려들 것 같은 기분마저 들었다.

하지만 들어가야 했다. 선택의 여지가 없었다.

조금 비겁하긴 하지만 진운은 레이나에게 손을 내밀었다.

왠지 레이나와 함께라면 안심이 될 것 같다는 생각이 가장 먼저 떠올랐기 때문이기도 하지만 그냥 레이나의 따뜻한 손이 잡고 싶은 마음도 있었다.

레이나도 그런 진운의 마음을 아는지 조용히 진운이 내민 손을 잡고는,

"간다."

끄덕.

말없이 고개만 끄덕이는 레이나를 본 뒤 진운은 그대로 게티아가 만든 차원의 문으로 들어가 버렸다.

레이나도 같이 사라졌다.

진운에게 이끌려 들어간 레이나의 찰랑거리는 금빛 머리카락 끝이 완전히 차원의 문 안으로 사라져 버리자,

파삭!

끊임없이 회오리칠 것 같던 차원의 문의 회오리가 멈췄다.

그리고는 작은 파열음과 함께 허공 속으로 사라졌다.

그렇게 진운과 레이나는 고생하면서 빠져나온 바벨의 탑으로 제 발로 다시 들어갔다.

하지만 그 시간은 그리 길진 않을 것이다.

*　　*　　*

“벌써… 3년이 흘렀나?”

검은 머리에 검은 눈동자는 마치 하늘 저편의 우주를 보는 듯한 깊이를 가진 청년이 설악산에 모습을 드러냈다.

그리고 그런 그의 옆에는 금발의 눈부신 미모를 가진 여자가 청년의 손을 꼭 잡고 서 있다.

―제법 흘렀네.

검은 머리카락의 청년은 3년 전 국정원에 쫓기다시피 사라진 진운이었고, 그 옆의 금발의 미녀는 바벨의 탑에서부터 진운과 함께 생사고락을 같이한 하이엘프 레이나였다.

사실 3년의 시간은 길다면 길고 짧다면 참 짧은 시간이다.

하지만 진운과 레이나에게는 그 무엇보다 값진 시간이었다.

그동안 진운은 자신에게 부족한 것을 메울 수 있었다. 그리고 레이나는 차원 마법이라는 것을 연구할 수 있는 시간이기도 했다.

하지만 그 무엇보다 가장 변화가 큰 것은 바로 진운과 레이나의 관계였다.

―진운.

예전의 차갑고 무표정한 레이나는 더 이상 찾아볼 수 없었다.

진운을 바라보는 레이나의 표정은 한없이 부드러웠다. 거기다 그런 레이나를 바라보는 진운의 표정 또한 따뜻했다.

"이제… 시작하는 거야."

진운이 기지개를 펴듯 양팔을 하늘로 쭈욱 폈다가 내리고 레이나를 바라보자 둘은 서로 무언가 통한 듯 고개만 끄덕였고,

스윽~

마치 연기가 꺼지듯 레이나와 진운이 사라져 버렸다.

완전히 달라진 진운과 레이나가 그렇게 산에서 사라진 뒤 다시 모습을 드러낸 곳은 바다 냄새가 물씬 풍기는 속초 시였다.

도시가 한눈에 내려다보이는 산봉우리 위에 그들이 나타났다.

─공간 이동이 능숙해졌어, 진운.

"그렇게 노력했으니 늘지 않는다면 오히려 그게 이상하잖아?"

아무렇지 않게 진운과 대화를 나누는 레이나는 바벨의 탑에서 3년이라는 시간 동안 진운과 많은 이야기를 나누고 서로 교감을 쌓으면서 어느덧 연인과 비슷한 사이로 발전해 있었다.

사실 레이나가 그동안 진운을 딱딱하게 대한 것은, 언젠가

는 헤어질 사이었고 필요에 의해 등을 맡기는 존재였기 때문이었다.

그래서 그녀는 먼저 벽을 두었는데, 이젠 진운의 사정을 알게 되었고 자신도 진운과 그리 다르지 않다는 것을 느끼면서 조금씩 동질감이 생기기 시작한 것이다.

거기다 진운의 도움으로 바벨의 탑이 차원과 차원을 이어주는 하나의 통로와 같은 것이라는 것을 알게 된 뒤로 그동안 진운과 쌓아두었던 벽이 사라져 버렸다.

지금 당장은 레이나의 고향인 대륙으로 돌아가지 못하지만 시간이 지나면 돌아갈 수 있다는 확신이 들었고, 그런 것에 결정적인 열쇠를 쥐고 있는 진운과 계속 벽을 만들어봐야 자기에게 좋을 게 없다는 판단도 있었다.

아무튼 이해와 여러 가지 상황 등이 겹치다 보니 남녀가 서로 의지하면서 힘을 키우는 상황에서 친해지는 것은 어떻게 보면 당연했다.

오히려 탑에서 오랫동안 함께 지냈던 레이나와 진운의 사이가 그대로 유지된다는 것이 더 이상할 것이다.

"우선은 잠깐 바다가 보고 싶어서 이곳으로 왔어."

―바다? 하긴… 그동안 답답한 탑에서만 지냈으니까.

바벨의 탑에서 수련하는 동안 진운은 가장 먼저 한 행동이 바로 바벨의 탑을 어떻게 사용하느냐 하는 것이었다.

사실 진운이 주인으로 인정을 받긴 했지만. 누가 설명을 해주는 것도 아니고, 마치 매뉴얼처럼 과거의 솔로몬 왕이 써놓은 마법서 레메게톤에 몇 가지 사용법이 적혀 있는 게 전부다.

물론 모두 중요한 사용법이긴 했지만 진운은 레메게톤에 쓰인 것 이상으로 바벨의 탑에 대한 것을 모두 알고 싶었다.

그러다 보니 자연스럽게 게티아를 이용해서 탑의 모든 곳을 돌아다니면서 실험 아닌 실험을 했다.

그 결과 지금까지 레이나와 진운이 지냈던 곳은 바벨의 탑에서도 아주 극히 일부분에 지나지 않았다는 것을 알게 되었다.

말 그대로 탑을 탈출하기 위해 진운과 레이나가 사투를 벌인 곳은 바벨의 탑에서도 가장 외곽에 불과했다.

그리고 바벨의 탑 중심에 도착한 진운은 그곳에서 진정한 바벨의 탑이 무엇인지 알게 된 것이다.

하지만 너무나 방대한 양의 정보로 진운은 바벨의 탑의 모든 것을 알아보는 것을 그냥 포기해 버렸다.

지구가 태어나고 본래 하나의 대륙이던 순간부터 지금까지 지구의 모든 것을 기록하고 있었던 바벨의 탑에 축적된 정보는 그 자체만으로도 이미 하나의 우주를 헤매는 것이나 마찬가지였다.

만약에 진운의 손에 게티아가 없었다면 아직도 진운은 아마 바벨의 탑에서 정보의 파도 속에 허우적거리고 있을 것이다.

게티아를 이용해 바벨의 탑에서 필요한 정보만 얻게 된 진운은 곧바로 지구상의 모든 격투기를 비롯해 무공을 끄집어내서 배우기 시작했다.

애초에 마나의 적응을 마친 몸이기에 바벨의 탑에서 필요한 무공과 운동을 비롯해 체술까지 자신의 것으로 만드는 데 걸린 시간은 불과 1년이었다.

그 뒤로는 레이나에게서 검술을 배웠고, 바벨의 탑이 가지고 있는 모든 검술 또한 섭렵했다.

한마디로 진운은 강해지기 위해서라면 무엇이든 닥치는 대로 배운 것이다.

심지어 실제 가장 강하다고 알려진 무도가들의 모션 캡처로 만들어진 철주먹이라는 격투 게임에서까지 응용법과 사용법을 배우기를 마다하지 않았다.

따로 스승이 있는 것도 아니었고 마스터에 오른 것도 오로지 자신의 운과 노력이었기에 진운은 배우면 배울수록 오히려 더욱 모자라는 것을 느끼게 되었고, 무언가 보이지 않는 실마리 하나를 잡기 위해 닥치는 대로 몸으로 받아들인 것이다.

물론 그래서 정말 진운이 강해지긴 했다.

하지만 3년의 시간이 지나 다시 탑을 나서서 세상으로 나오는 순간까지도 진운은 아련하게 눈앞에 아른거리는 그것이 무엇인지 결국 알아내지 못했다.

레이나가 보기에는 강해졌다고 생각하지만 진운 스스로는 만족하지 못하고 있는 것이다.

철썩~ 철썩~

사람이 많은 항구가 아닌 사람이 거의 오지 않는 절벽이 바라다 보이는 곳에 서서 바다를 바라보는 진운의 눈동자로 많은 생각이 스치는 듯했다.

아버지의 죽음으로 시작된 자신의 운명이 지금은 이렇게 이상하게 흘러 버린 것이다.

꽈악~

진운은 막연히 바다를 바라보다가 양손을 강하게 움켜쥐면서,

"마지막 하나까지 찾아내… 복수한다."

다시 탑으로 들어가야만 했던 진운은 다시 나오면 절대로 탑으로 돌아가지 않을 작정이었고, 그러다 보니 3년의 세월을 탑에서 지내게 되었다.

물론 혼자였다면 아마 미쳐 버렸을지도 모른다.

곁에 레이나가 있었기에 진운은 끝까지 냉정해질 수 있었다.

물론 진운도 레이나가 언젠가 떠난다는 것을 알고 있다. 애초에 진운은 인간이었고, 레이나는 엘프들의 생존을 책임지는 하이엘프였으니 말이다.

하지만 그런 복잡한 생각은 우선 기억 저편으로 묻어두기로 했다.

아직 닥치지 않은 일로 걱정해 봐야 결국에 스스로 무너지는 꼴밖에 되지 않을 테니 말이다.

"이제 돌아가자. 가야 할 곳으로."

—응.

이제는 자연스럽게 진운이 내민 손을 맞잡는 레이나였다.

그리고 진운이 레이나의 손을 잡는 순간,

스팟!

진운과 레이나는 속초 시 외곽의 절벽에서 사라져 버렸다.

"크게 변한 게 없구나."

진운은 그나마 다른 빌딩보다 높은 빌딩의 옥상에 모습을 드러냈다.

—이건… 도대체… 뭐야?

레이나는 진운의 손에 이끌려 공간이동을 한 뒤 가장 먼저 자신의 코를 자극하는 매캐한 냄새와 그 외의 수많은 악취에 코를 움켜잡았다.

"인간이 만든 결과물이야."

—이건 너무 심해. 이런 악취라니…….

납골당에서 아스팔트만 보고도 질색을 했던 레이나에게 365일 스모그가 잔뜩 머물고 있는 서울의 공기는 그야말로 최악의 악취일 것이다.

—에어 클린(Air Cleaning)!

결국 참다못한 레이나가 양손을 뻗으면서 주변의 공기를 정화하기 위해 마법을 펼쳤다.

휘이잉~

하지만 기껏 마법으로 정화한 공기는 순식간에 날아가 버리고 곧바로 다시 자욱한 스모그를 머금은 공기가 레이나의 주변으로 모여들었다.

몇 번이나 공기 정화 마법을 사용했지만 그래 봐야 서울 하늘의 가득한 스모그를 모두 깨끗하게 하지 않는 한 쓸데없는 힘 낭비일 뿐이다.

—그럼…….

몇 번을 그렇게 공기 정화 마법을 사용하던 레이나는 이대로는 안 되겠다고 생각했는지 뭔가 잠시 생각하더니 몸 안에 마나를 활성화시키기 시작했다.

당연히 레이나의 마나가 활성화되면 될수록 레이나 주변의 마나는 흔들리기 시작했고, 활성화하는 단계가 높을수록 주변의 마나도 심하게 흔들렸다.

그런데 놀랍게도 마나가 흔들릴수록 레이나 주변의 스모그가 조금씩 사라지는 것이다.

그리고 얼마 지나지 않아 그리 넓진 않지만 호흡하는 데 지장 없을 만큼의 넓은 공간이 깨끗한 공기로 바뀌어 버렸다.

"마나의 성질을 이용했구나."

진운은 레이나가 방금 사용한 기술이 마나가 진동을 일으키면서 주변의 것을 밀어내는 성질을 이용했음을 알아채고 말했다.

―응. 이렇게라도 해야 내가 버틸 수 있으니까.

아무리 강한 마법을 가지고 있더라도 결국 레이나는 엘프였다.

그리고 엘프는 숲과 반대되는 속성에 오래 노출될수록 그만큼 약해지는 존재였다.

비록 레이나가 방금 사용한 방법이 귀찮더라도 레이나에게는 꼭 필요한 절차이기에 진운은 아무런 말을 하지 않았다.

인간의 기준을 레이나에게 강요한다는 것 자체가 이미 바보 같은 짓이었으니 말이다.

―그런데 어딜 가려고 이런 곳까지 온 거야?

역시나 서울이 그리 마음에 들지 않는 듯한 레이나와 달리 진운은 살짝 웃고는,

“찾아뵐 분이 있어. 아저씨라면 나를 도와주실 거야.”

—혹시……?

레이나는 얼핏 전에 들은 적이 있기에 슬쩍 말을 흘리자,

“맞아. 나한테 여행을 떠나보라고 처음으로 말했던 분이야. 결과적으로 나에게는 많은 도움이 되었으니까. 하지만 다른 의미로도 중요한 분이야.”

—알아. 아버지 같은 분이라고 했지?

“응. 아주 갓난아기 때부터 그분을 보면서 자랐으니까.”

지금 진운은 자신에게 여행을 권했고, 죽은 아버지의 친구이자 고문변호사이기도 하며, 진운이 아저씨라고 부르는 소지훈을 찾아가기 위해 서울로 온 것이다.

“지금 난 아는 게 전혀 없어. 국정원 요원한테 들은 자백 비슷한 내용인데 그걸로는 너무 부족해. 빠드득!”

진운은 말을 하면서도 그때를 생각하면 저절로 이가 갈렸다.

“그리고 원래 내가 사용했던 신분을 사용할 수가 없어.”

—그렇지. 국정원에서 바로 알아차릴 테니까.

“응, 그래서 찾아가는 거야. 모든 것을 부탁할 수는 없지만 어느 정도는 도와주실 거라고 생각하고. 그만큼 내가 믿는 분이니까.”

—좋아, 진운이 그렇게 믿는 사람이라면.

진운은 레이나에게 거의 습관처럼 먼저 손을 내밀었다.

처음 만날 당시에는 생각지도 못할 만큼 순순한 태도로 레이나는 당연스레 진운의 손을 잡았다.

그리고 둘은 옥상 난간에 올라섰다.

"높긴 하네."

누가 보면 고층 빌딩에서 뛰어내려 자살하려는 모습으로 보였겠지만 그런 모습치고는 진운의 표정과 레이나의 표정이 너무나 편안했다.

그리고 그들이 서 있는 곳은 사람이 많이 오가는 빌딩의 앞쪽이 아니라, 사람이 거의 다니지 않는 빌딩의 뒤쪽이었다.

"그럼 부탁해!"

그 말과 함께 진운은 레이나와 함께 그대로 빌딩에서 뛰어내렸다.

Chapter
05
세상으로

슈우우우우욱!

스카이다이빙을 하면 아마 이런 기분을 느낄지도 모른다.

그러기에는 빌딩의 높이가 아무리 높아봐야 거기서 거기였기에 진운과 레이나는 뛰어내린 지 불과 몇 초 만에 바닥에 내동댕이쳐질 위기에 놓였다.

—리버스(Reverse).

거의 진운과 레이나의 발이 땅에 닿기 직전,

멈칫!

레이나의 리버스 주문으로 그대로 멈춘 뒤 마치 계단을 내려오듯 가볍게 허공에서 땅으로 발을 디뎠다.

—다음에는 땅에 닿는 순간 마법을 발동시켜 봐야겠어.

아직 마법 발동에 약간의 시간이 걸리기에 계단 한 개 정도 높이에서 멈추었지만 방금 말처럼 땅에 닿는 순간 멈추는 것도 그리 불가능해 보이진 않았다.

"그런데 또 이상하게 쳐다보겠네. 크크큭."

진운은 처음 이 옷을 입고 세상에 나왔을 때 납골당의 경비가 쳐다보던 시선이 생각나 레이나와 자신의 옷차림을 보고는 작게 웃었다.

레이나도 왜 웃는지 알고 있는 듯 같이 살짝 미소 지었다.

하지만 곧바로 레이나가 조용한 목소리로,

—어차피 주변의 시선 따위는 우리에게 중요하지 않잖아? 안 그래?

라는 말했고, 진운은 그 말에 고개를 끄덕였다.

"그래, 맞아."

레이나의 성격이 예전에 비하면 놀라울 정도로 부드러워지긴 했지만 마이페이스는 여전했다.

주변 시선 따위는 아랑곳하지 않는 그녀의 여전함이 좋다고 생각하며 진운은 그녀를 데리고 골목을 빠져나갔다.

두 사람은 금세 사람들 사이로 녹아 들어갔다.

처음에는 진운과 레이나의 너무나 이상한 옷차림에 사람

들이 힐끔거렸지만, 그렇게 힐끔거리는 남자들의 시선은 곧 레이나의 얼굴을 마주하는 순간 굳어버렸다.

반대로 진운을 바라보던 여자들의 시선도 무슨 패션 테러리스트를 보는 듯 인상을 찡그렸다가 얼굴을 보고는 시선이 고정되어 버렸다.

완전히 노숙자가 형님 하면서 엎드릴 만큼 최악의 옷차림과 너무나 비교될 만큼 눈부신 미모를 가진 레이나와, 여자들의 시선이 한번 돌아서면 걸음까지 멈추게 만드는 진운의 외모 덕에 뜻하지 않게 진운과 레이나가 지나간 뒤에는 길이 막혀 버렸다.

물론 정작 본인들은 다른 사람들이 그러거나 말거나 전혀 신경 쓰고 있지 않았지만 말이다.

나중에 차량 정체가 아닌 행인 정체라는 이상한 상황을 만들어낸 진운과 레이나가 지하도로 사라질 때까지 사람들의 걸음은 전혀 움직이지 않았다는 소문이 들렸다.

사실 진운의 공간이동 능력이면 당연히 짠 하고 소지훈의 집 앞에 나타나는 게 당연했지만, 아직 그 정도로 정밀하게 공간이동을 조정하는 단계까지는 아닌지라 최대한 가깝게 이동한 뒤 걷기로 한 것이다.

그리고 특이하게도 레이나는 공간이동 마법을 사용할 수 없었다.

진운도 다시 바벨의 탑으로 들어가서야 레이나에게서 들은 것으로, 공간이동은 차원 마법에 속하는 최고 상위의 마법이라는 것이다.

대륙에서도 실제로 공간이동 마법을 사용하는 마법사는 없었다고 한다.

드래곤조차 공간이동 마법을 사용할 수 없어서 날아간다고 했고, 그 말을 들은 진운은 자신이 알고 있던 판타지 상식과 많이 다른 것에 조금 놀라야 했다.

그러다 보니 먼 거리를 이동하거나 공간이동을 할 때는 필연적으로 진운의 곁으로 레이나가 다가왔다.

그리고 공간이동 마법 외에는 마법을 사용할 줄 모르는 진운의 나머지 부분을 모두 레이나가 담당했다.

특히나 공간이동을 할 때 좌표를 계산해서 진운에게 알려주는 것도 레이나의 몫이었다.

한마디로 지금 진운과 레이나는 서로 절대로 떨어질 수 없는 사이었다.

서로가 서로를 절실하게 필요로 하고 있었고, 레이나가 만약에 사라진다면 진운은 공간이동을 사용하지 못한다.

애초에 진운이 공간이동 마법을 사용할 수 있었던 것은 모두 진운의 오른손에 끼워져 있는 반지, 즉 게티아 덕분이었다.

　그러니 오로지 검으로 강해진 진운이 마법 중에서도 최상의 마법에 속하고 드래곤조차 사용할 수 없는 공간이동 마법의 좌표를 알아낸다는 것은 사실상 불가능에 가까웠다.

　서로가 서로의 부족한 점을 채워주고 있는 것이다.

　"아, 멀다."

　진운은 그래도 가까운 곳으로 이동했다고 생각했지만 벌써 30분째 걷고 있는 중이다.

　본래는 이곳에 도착하면 레이나의 플라이 마법으로 하늘을 날아 이동할 생각이었다.

　하지만 도착하자마자 서울의 스모그라는 최악의 적을 만난 레이나가 마나를 사용해서 자신을 보호하는 데 집중하는 바람에 오랫동안 하늘을 날아야 하는 플라이 마법은 애초에 포기해 버린 상태였다.

　"와, 꽃거지다!!"

　"외국 모델도 꽃거지를 하나 보네!"

　어느 정도 레이나와 진운의 외모를 보고 넋을 잃는 사람들이 많긴 했지만, 예외도 있는 법이다.

　특히나 어린애들은 아무리 레이나가 아름답다고 해도,

　"예쁜 거지다~"

　정도였고, 진운을 봤을 때는,

　"꽃거지다."

라는 말이 자동으로 튀어나왔다.

처음에는 진운도 꽃거지라는 말이 도대체 무슨 말인지 도통 이해가 가지 않았는데 우연히 신호를 기다리면서 쇼윈도에 전시되어 있는 TV를 통해 알게 되었다.

한마디로 잘생긴 거지라는 뜻이다.

처음 2년과 다시 들어가 3년을 탑에서 지내다 나온 진운은 지금 현재 유행이나 시대의 흐름 같은 것은 당연히 뒤처질 수밖에 없었다.

특히나 하루가 다르게 변하는 유행어는 문맹 수준이다.

사람들의 말에 조금이지만 반응을 하는 진운과 달리 레이나는 오로지 앞만 보고 걷고 있었다.

애초에 엘프인 레이나에게 인간의 시선 따위는 관심이 없었으니 말이다.

"여긴가?"

실제로 소지훈의 집을 찾아온 게 10년이 넘었기에 진운은 기억을 더듬어 동네는 어떻게 어떻게 찾아왔는데, 집을 찾는 데 꽤 시간이 걸렸다.

특히나 소지훈이 사는 아파트는 12동이 모두 똑같은 구조였기에 더욱 진운을 헷갈리게 했다.

그러다 결국,

"이봐, 여기 잡상인 금지야!!"

누군가 동네를 기웃거리는 노숙자 차림의 진운과 레이나를 보고 경비실에 신고했는지 경비가 소리치면서 달려오는 게 아닌가?

그것도 손에 커다란 막대 자를 들고 휘두르면서 말이다.

"여기는 잡상인……."

당장에라도 손에 들고 있는 커다란 막대 자를 휘둘러 내쫓을 것 같던 경비는 레이나를 보고는 눈이 휘둥그레졌다.

금발에 금빛의 눈동자를 가진 레이나가 경비를 보고 살짝 웃자,

"험험. 외, 외국인이었어? 허참."

누가 봐도 외국인인 레이나의 외모와 흠잡을 곳 하나 없는 미모 때문인지 경비는 귀가 살짝 붉어진 채 헛기침을 하면서 말을 더듬었다.

미모의 여인이라는 것보다 갑자기 맞닥뜨린 외국인이라는 것 때문에 경비가 이러지도 못하고 저러지도 못하고 있는 그때 레이나의 뒤에서 진운이 모습을 드러내면서,

"저기, 이곳에 소지훈 변호사님이 살고 있다고 알고 있습니다만, 너무 오랜만에 와서 제가 집을 못 찾고 있는데 좀 알려주시겠습니까?"

라고 말하자,

"소지훈 변호사님? 아, 3동에 사는 그분을 말하는구만."

최소한 잡상인이 아니라는 것에 경비는 어느 정도 안심은 했지만 완전히 의심을 거둔 것은 아니었다.

아무리 미모가 출중하고 외모가 멋지더라도 경비가 보기에는 지금 진운과 레이나의 옷차림이 문제였다.

특히나 이곳 아파트는 나름 좀 산다고 하는 사람들이 살기로 유명한 곳이기에 부인들이 모임을 가지고 있었고, 그 힘은 실로 막강했다.

아파트 경비 하나 바꾸는 것은 일도 아닐 정도로 말이다.

"나랑 잠시 경비실로 가야 할 것 같은데."

"네."

경비는 진운 혼자였다면 아마 헛소리한다면서 내쫓았을 테지만 레이나가 이상하게 마음에 걸려서 우선 확인해 보기로 했다.

보통 잡상인이라면 여기서 슬쩍 발을 빼는 것이 보통인데, 진운은 오히려 환하게 웃는 모습이었기에 경비는 어쩌면 소지훈 변호사를 알고 있는 사람일지도 모른다고 생각했다.

딸각~

"네, 여기 경비실입니다. 소지훈 변호사님 댁이죠? 네, 네. 여기 누가 변호사님을 찾아왔는데 말이죠."

그렇게 통화를 하던 경비는 슬쩍 진운을 돌아보면서,

"이름이 뭔가?"

“정진운입니다.”

진운이 이름을 대자 경비는 곧바로 다시 수화기에 대고,

“정진운이라는 청년인데요. 아, 네, 아는 분이라구요. 알겠습니다.”

딸각!

경비는 그나마 청년이 잡상인이 아니고, 놀라면서 당장 갈 테니 경비실에서 기다리게 해달라는 소지훈 변호사의 대답에 내쫓지 않은 것을 다행이라 여겼다.

“잠시 가다리면 변호사님이 이곳으로 오신다고 하니 기다리게.”

“네.”

진운이 경비에게 감사하다는 인사를 하자 레이나도 같이 살짝 고개를 숙이면서,

“고마워요.”

“으잉?”

너무나 유창한 레이나의 한국말에 경비는 깜짝 놀랐다.

“처자는 한국 사람인가?”

순간 외국인이라는 생각에 얼었던 경비는 너무나 유창한 한국말에 갑자기 질문을 하기 시작했다.

“아니에요.”

“대단하네. 내가 들어도 한국 사람으로 들릴 정도이니.”

경비는 지금까지 살면서 레이나처럼 한국말을 능숙하게
하는 사람은 본 적이 없는지 많이 놀라워했다.

외국인이지만 말이 통하자 경비도 역시 남자였는지 레이
나에게 계속 질문을 해대기 시작했다. 진운에게는 처음 통화
를 위해 이름을 물어본 것 외에는 쳐다보지도 않았다.

하지만 그런 경비의 질문도 그리 오래가지 못했다.

덜컹!

"진운아!!"

경비실 문이 거칠게 열리면서 소지훈이 모습을 드러냈는
데, 옷차림이 참…….

"아저씨, 그런 거 좋아하셨어요?"

"응?"

몇 년 동안 소식이 완전히 끊어졌던 진운이 다시 나타났다
는 말에 바로 뛰어나온 듯한 소지훈의 모습은… 실소를 머금
게 했다.

헐레벌떡 달려나온 것은 이해하나, 핑크색의 하트 무늬가
커다랗게 페인팅이 되어 있는, 무릎을 겨우 덮는 7부 바지와
세트로 보이는 상의를 입고 나타난 것이다.

누가 봐도 잠옷이었다.

"아!"

그제야 소지훈도 자신의 옷차림을 되돌아보고 얼굴이 붉

어졌다.

하지만 지금은 그런 걸 따질 때가 아니다.

그가 진운에게 다가가더니 그대로 덥석 안았다.

"이 녀석아, 도대체 뭐 하다 이제 나타난 거야?"

"그렇게 되었어요."

그렇게 남자들만의 격한 포옹이 끝난 뒤 진운이 레이나를 소개하자,

"헤, 헤, 헬로……."

갑자기 당황하면서 떠듬떠듬 영어로 인사를 하는데 반응이 경비와 별다를 게 없었다.

─처음 뵙겠습니다.

"험, 험. 우리 말 잘하시네요?"

─네, 진운에게 배웠어요.

사실 레이나는 진운을 처음 만났을 때부터 한국말로 진운과 대화를 했다.

물론 두 번째 탑에 들어갔을 때 진운이 레이나에게 물어본 적이 있다. 어떻게 한국말을 그렇게 잘하느냐고 말이다.

그러자 레이나의 대답은 너무나 간단했다.

통역 마법을 사용했다는 것이다.

애초에 레이나는 진운이 어떤 언어를 사용하더라도 전혀 무리가 없게 마법으로 먼저 의사를 통한 다음에 진운이 하는

한국말을 스스로 독학으로 배웠다고 한다.

체계적으로 배운 것이 아닌, 오로지 통역 마법과 진운과의 대화만으로 말이다.

처음 밖으로 나왔을 때는 반 정도 통역 마법에 의지하는 편이었지만 다시 탑으로 들어가 3년 동안 지내면서 통역 마법을 쓰지 않고도 자연스럽게 진운과 대화하는 데 무리가 없을 정도가 되었다.

"밖에서 이럴 게 아니라 어서 집으로 들어가자."

소지훈은 경비에게 고맙다는 인사를 하고는 진운과 레이나를 데리고 자신의 집으로 돌아왔다.

그런데 집으로 들어온 진운은 처음 보는 여성을 만났다.

소지훈의 집에서 편안한 옷차림으로 자신들을 맞이하는 그 모습에 물끄러미 소지훈을 바라보자,

"아, 진운이는 모르겠구나. 나 작년에 결혼했다."

평생 독신으로 살아갈 것 같던 아저씨가 작년에 결혼했다는 말에 진운은 환하게 웃으면서 여자에게 인사했다.

"최미영이에요."

"네, 처음 뵙겠습니다. 정진운입니다. 이쪽은 제 동료인 레이나구요."

딱 봐도 변호사인 소지훈과 잘 어울리는 외모였다.

하지만 최미영과 소지훈을 번갈아보던 진운은 슬쩍 웃기

만 했다.

딱 봐도 30대 초반으로 보이는 최미영, 진운의 아버지와 같은 나이인 소지훈은 50대 초반이다.

이미 얼굴에서 나이 차이가 스무 살 이상 나 보였다.

진운은 어떻게 저렇게 젊은 여자와 결혼했는지 잘 모르지만 최미영과 소지훈의 잠옷이 똑같은 것을 보니 아직 신혼이 한창인 것 같긴 했다.

"자자, 입구에서 이럴 게 아니라 어서 들어가자."

소지훈은 진운과 레이나를 데리고 거실의 작은 탁자에 앉아서 이야기를 시작했다.

여행을 떠난 진운이 실종되었다는 소식에 소지훈은 괜히 여행 이야기를 꺼낸 자신을 원망했다고 한다.

그 당시 자신이 여행을 권하지 않았다면 진운이 실종되는 일은 없었을 것이라고 자책하면서 말이다.

"괜찮아요. 오히려 여행을 떠나서 제 생각이 바뀌게 되는 계기가 되어서 좋아요. 제가 아저씨한테 감사드려야죠."

진운이 웃으면서 오히려 고마웠다고 했지만, 그래도 소지훈은 미안해했다.

그 외도 간단히 진운에게 질문이 이어졌지만, 사막에서 실종되었다가 바벨의 탑에서 겪은 이야기는 할 수 없기에 사막을 여행하다가 길을 잃었는데 운 좋게 그곳에서 살던 부족을 만나서 버티다가 자원봉사를 위해 왔던 레이나와 함께 다시 한국으로 돌아오느라고 시간이 오래 걸렸다고 대충 둘러댔다.

소지훈은 진운의 말을 듣다가 가만히 진운을 바라보더니 어색하게 웃으면서,

"하하하, 그래도 고생한 것치고는 피부에 잡티 하나 없고 더 잘생겨진 것을 보니 나쁘진 않았나 보구나."

진운은 순간 소지훈이 뭔가 알고 있다는 느낌을 받았지만 일부러 모른 척한다는 생각에 그냥 맞춰주기로 했다.

최미영이 급하게 차려준 음식으로 간단하게 끼니를 때운 진운과 레이나는 피곤할 테니 우선 쉬라는 소지훈의 배려로 손님용으로 비워놓은 방으로 안내되었다.

"우선 좀 쉬어라."

"네, 아저씨."

진운은 자신이 살던 원룸과 여러 가지가 어떻게 되었는지 물어볼 수도 있었지만 몇 년 만에 만나자마자 할 이야기는 아니라는 생각에 우선 소지훈의 말에 따르기로 했다.

그동안 다른 사람은 몰라도 소지훈은 절대로 자신을 배신하지 않을 것이라는 믿음이 있었기 때문이다.

혼자 살던 소지훈은 진운을 자기 자식마냥 좋아해 주었고, 삼촌 역할도 해주었던 분이다.

소지훈은 레이나에게 불편하면 자신의 아내와 자도 된다
고 말했지만,

―괜찮아요. 몇 년 동안 같이 지냈는데요, 뭐.

라고 말했다.

사실 탑에서 지내는 동안 진운과 레이나 둘이 같은 공간에
서 먹고, 자고, 수련했으니 틀린 말은 아니지만 소지훈이 듣
기에 진운과 레이나가 아주 깊은 관계로 오해하기 충분했다.

"짜식, 그래도 능력은 있어서……. 험험. 그럼 쉬어라. 남
은 이야기는 내일 하도록 하자꾸나."

"네, 쉬세요."

몇 년 만에 만났지만 마치 자식이 돌아온 것처럼 반겨주면
서 방을 서슴없이 내어주는 소지훈의 모습은 진운이 예상한
그대로였다.

하지만 레이나는 진운과 생각이 달랐다.

처음에 소지훈이 모습을 드러낼 때부터 시작해 눈동자가
마주칠 때마다 속마음을 알아보고 있었던 것이다.

그리고 소지훈의 아내인 최미영도 마찬가지로 알아봤다.

마지막까지 소지훈의 눈동자에서 거짓이란 것을 찾을 수
없었던 레이나는 그제야 어느 정도 안심하는 듯했다.

진운은 그런 레이나를 보면서,

"어때? 믿을 만하지?"

　이미 레이나가 엘프의 진실과 거짓을 가려내는 능력으로 시험했을 것이라는 것을 알고 있는 듯 물어보자,

　─그러네.

　간단하게 대답했다 말했다.

　"오랜만에 편하게 쉬어보는 건가?"

　그러면서 장롱을 열어 이불과 베개를 꺼내더니 바닥에 깔고 누웠다.

　─진운, 왜 바닥에 눕는 거야?

　레이나는 진운이 바닥에 눕는 것이 이상한 듯 물어왔다.

　"레이디 퍼스트 몰라? 침대는 하나뿐이니까 남자인 내가 바닥에서 자는 거야."

　진운에게는 여자가 침대, 남자인 자신은 바닥에 자는 게 너무나 당연했다.

　어릴 때부터 여자는 소중하게 다뤄야 한다는 아버지의 말을 듣고 자랐고, 유달리 금슬이 좋아 부부애를 과시했던 진운의 부모님이었으니 말이다.

　물론 진운이 엄마의 곁을 떠나 학교를 다닐 무렵 갑작스런 병으로 돌아가시는 바람에 엄마 없이 크긴 했지만 그만큼 아버지의 사랑을 받으면서 컸기에 크게 불만은 없는 진운이었다.

　─하지만 여긴 진운이 아는 사람의 집이잖아. 그리고 그분

이 진운을 보고 방을 내어준 거야. 그럼 이 방은 진운이 주인인데 주인이 바닥에서 자는 법은 없어.

철저하게 자신은 손님이라는 것을 내세우면서 레이나는 침대에 있는 이불을 들고 내려와 진운의 옆자리에 누웠다.

다른 건 몰라도 레이나의 이런 논리적인 사고방식은 역시나 변함이 없었다.

그렇다고 이제 와서 진운이 다시 침대로 올라갈 생각도 없었다. 여자를 바닥에 재우면서 침대에서 자는 건 아무래도 양심에 찔리고, 무엇보다 편하게 잠을 잘 수 있을 것 같지가 않았다.

그렇다고 레이나 성격에 한번 아니라고 말하면 죽어도 아닌 것이기에 절대로 침대로 올라가지 않을 것이 뻔했다.

"에라, 모르겠다. 그냥 같이 바닥에서 자자."

―좋은 선택이야.

레이나는 오히려 진운의 선택을 찬성하고는 그렇게 침대를 놔두고 바닥에서 같이 자는 이상한 그림이 펼쳐졌다.

"응? 아무도 없나?"

진운은 소지훈의 집이 편했는지, 아니면 그만큼 소지훈을 믿고 있었는지 꿈도 꾸지 않고 아주 푹 잤다.

시간 가는지 모르고 자고 일어나니, 아무도 없었다.

“맞벌이하는 건가?”

소지훈은 잘나가는 변호사였기에 굳이 아내까지 맞벌이할 이유는 없었다. 하지만 최미영도 보이지 않으니 조금 의외였다.

그런 생각을 하면 거실로 나오니 탁자에 메모가 한 장 놓여 있었다.

사무실로 오거라. 자세한 건 거기서 이야기하자꾸나.

진운은 미소를 지었다.

보기에는 별것 아닌 메모 내용이지만 진운은 어제의 소지훈의 반응이 떠오르면서 확신했다.

아버지의 죽음에 관해 어느 정도 소지훈도 알고 있는 것이 있다고 말이다.

사실 고문변호사로 있던 소지훈이 아버지의 죽음을 전혀 모른다면 그게 더 이상한 상황이긴 했다.

물론 겉으로 표현하진 않았을 것이다.

국정원의 능력으로 볼 때 소지훈이 알고 있다는 낌새를 눈치챘다면 이렇게 결혼해서 잘살고 있을 가망성이 없으니 말이다.

거기다 진운은 공식적으로 납골당에서 완전히 사라진 것

으로 되어 있었다.

갑자기 사라진 네 명의 요원과 함께 말이다.

당연히 그 요원들과 진운에게 국정원의 시선이 집중될 수밖에 없다.

우연인지 모르지만 진운이 너무나 화려하게 납골당 사건을 처리하는 바람에 국정원에서는 그동안 은밀히 감시하던 소지훈에게서 감시의 눈을 떼고 사라진 네 명의 요원을 찾는 데 집중하게 된 것이다.

소지훈도 비슷한 시기에 실종이 되어버린 진운을 찾기 위해서 정호식의 죽음에 대한 조사를 잠시 중단했다. 덕분에 자연스럽게 국정원으로부터 자유롭게 된 것이다.

어쩌다 보니 진운은 자신이 실종되면서 소지훈을 구해준 것이 되어버렸다.

소지훈이 두고 나간 것은 그뿐만이 아니었다.

소파 위에 준비되어 있는 옷을 보고 진운은 씨익 웃었다.

경비마저도 이상하게 보았던 진운과 레이나의 옷차림에 대해서 소지훈은 별말을 하지 않았다.

그러나 그렇다고 그대로 둘 생각은 없던 모양이다.

화사한 원피스까지 준비되어 있는 것을 보니 이건 아마도 소지훈의 부인인 최미영이 신경을 쓴 듯했다.

"밥까지 미리 차려놓고, 쩝. 미안한데."

주방으로 가보니 식탁에 이미 반찬들이 준비되어 있었다. 밥을 퍼고 국을 데워서 먹으라는 메모까지 친절하게 남겨져 있었다.

레이나와 진운은 식사를 마치고 소파에 있는 옷으로 갈아 입기 위해 살펴보았다.

레이나는 현대의 여성 옷을 자세히 보는 것은 처음이라 살짝 기대감에 들뜬 얼굴로 집어 들었다.

그런데 그런 손길 아래로 무언가가 툭 떨어져 내렸다. 레이나는 뭔가 싶어서 집어 들었지만, 역시 정체를 몰라 고개를 갸웃거렸다.

"왜 그래?"

진운은 등을 돌리고 있다가 옷을 다 갈아입고 돌아섰다. 그런데 레이나가 아직 옷을 갈아입지 않고 고개만 갸웃거리고 있는 모습에 물어보자,

—진운, 이게 뭔지 알아?

"……!"

진운은 레이나가 서슴없이 내민 것을 보고는 즉각 반사적으로 고개를 돌려 버렸다.

"그, 그, 그건……."

여자들이 가슴에 착용하는 속옷을 생전 처음 본 듯 레이나는 무슨 용도인지 전혀 모르고 있었다.

진운이 당황해서 대답을 못하는 사이 레이나는 분명히 무슨 용도가 있기에 준비해 준 것 같고, 여자인 자신에게 준 것이기에 몸에 착용하는 것이라는 것까지는 추측했지만 여자의 가슴을 위해 따로 속옷이 존재하지 않는 대륙에서 살던 레이나가 그걸 알 리 없었다.

머리에 써보기도 하고 엉덩이에 착용해 보기도 하고 정말 웃지못할 행동을 여러 번 하는 레이나를 보다 못한 진운이,

"그거 가슴에 착용하는 속옷이야."

—속옷?

"그래. 그거 여자들이 가슴이 더 커 보이고 볼륨 있어 보이라고… 헙!"

설명하던 진운은 자신이 실수했다는 것을 깨닫고 급히 입을 다물었다.

하지만 레이나는 전혀 신경 쓰지 않고 진운 앞에서 윗도리를 훌러덩 벗어버리더니,

—입혀줘.

"……."

진운은 브래지어를 선뜻 내밀며 다가오는 레이나의 모습에 자신도 모르게 손가락으로 자신을 가리켰다.

"내… 가?"

—응. 난 이런 거 처음이야.

진운은 지금까지 레이나가 옷을 갈아입는 장면을 본 적이 없다.

물론 자신도 옷을 갈아입질 않았다. 왜냐하면 마법으로 샤워까지 대신하는 바람에 옷을 빨지도 않았으니 말이다.

옷을 입은 채로 클린 마법 한 번이면 샤워부터 빨래까지 모두 해결되었고, 그게 너무나 편리하다 보니 지금까지 진운은 당연하게 생각했던 것이다.

그런데 막상 세상에 나오자마자 레이나는 현대를 살아가는 여자로서 모르는 게 너무 많다는 걸 뒤늦게 깨달았다.

'아, 어제 미리 부탁할걸.'

전혀 생각지도 못했던 문제에 당황한 진운은 어제 최미영에게 미리 부탁하지 않은 자신이 너무나 원망스러울 뿐이다.

─진운?

진운은 애써 레이나의 가슴을 보지 않으려고 고개를 돌렸지만, 역시나 진운도 남자인지라 자신도 모르게 곁눈질로 시선이 향하는 것은 어쩔 수 없었다.

그런데 거기에 레이나는 불을 댕기는 말까지 하는데,

─진운, 자세하게 나에게 가르쳐 줘야 해. 그래야 나도 혼자 입을 수 있을 테니 말이야.

레이나는 속옷이 부끄럽다는 개념 자체가 없는 듯했다.

자신이 모르는 것을 알고 싶어하는 생각 하나밖에 보이지 않았다.

'아, 젠장. 어쩌지? 어쩌지?'

진운은 레이나가 넘겨준 가슴 속옷을 손에 들고 머릿속으로는 몇 번이나 고민을 했지만, 아무리 생각해도 결론은 한 가지뿐이었다.

진운이 입혀주는 것이다.

사실 진운도 실제로 여자에게 속옷을 입혀준 적이 없다.

몇 번 학생 때 사귄 적은 있지만 손만 잡고 노는 수준이었다.

하지만 진운도 남자인지라 인터넷을 통해 여러 가지 호기심을 충족시켜 줄 만한 동영상을 본 기억이 있었기에 대충 속옷을 입는 방법은 알고 있었다.

하지만 방법을 알고 있는 것과 직접 입히는 것은 엄연히 다르다.

─진운, 뭐해?

레이나는 진운이 망설이자 오히려 팔을 위로 올려 입히기 편하도록 자세를 잡았는데 그게 오히려 진운에게는 자극적으로 다가왔다.

'아~ 하느님~ 부처님~ 알라신님~'

몇 번이나 고민했지만 역시나 현재 진운 이외는 그 누구도 도움을 줄 사람이 없었고, 레이나도 진운이 입혀주는 게 당연하다는 듯 행동했다.

결국 진운은 마음을 다잡고는 최대한 레이나의 가슴을 보지 않는 쪽으로 얼굴을 돌려가면서 꼭 필요할 때만 시선을 레이나에게 돌렸다.

탁~

뒤쪽의 후크를 잠그는 것으로 겨우 일을 마친 진운이 진땀 흘린 한숨을 내쉬었지만 속옷을 처음 입어보는 레이나는 뭔가 불편한 듯 몸을 이리저리 흔들면서 인상을 찡그렸다.

―진운, 이거 불편해.

"그거야 예뻐 보이려고 입는 거잖아. 그리고 그거 입으면 가슴이 모아져서 섹시하게 여성스러워 보인다고 하…… 젠장."

레이나의 불평에 자신도 모르게 머릿속에 있던 지식을 술술 입 밖으로 내뱉다가 레이나와 눈이 마주치는 순간 아차 하는 생각에 입을 다물어 버린 진운이다.

하지만 이미 레이나는 호기심이 가득한 얼굴로,

―아, 그렇구나. 그런데 대단해. 어떻게 이렇게 딱 맞지?

"그, 그거야… 나도 모르지."

진운은 대충 그냥 둘러댔지만 이미 조금 전에 했던 말이 있기에 통하지 않는 변명에 불과했다.

그 후로 잠시 동안 레이나에가 물어보는 질문에 진땀 흘리면서 대답만 해야 했던 진운이다.

하지만,

'레이나 가슴이 저렇게 컸나.'

지금까지 헐렁한 옷을 입고 있었기에 전혀 몰랐던 새로운 사실을 하나 알았다는 것에 자신도 모르게 만족해하는 모습이다.

그 외에는 레이나도 대충 추측만으로도 입을 수 있는 옷이 었는지 크게 문제 없이 입었다.

넝마주이 같은 옷을 입고 있던 것과 달리 몸매가 살짝 드러나 보이는 원피스가 오히려 레이나의 미모를 한층 돋보이게 만들었다.

여성스러운 옷을 입은 레이나를 본 것이 처음인 진운이 감탄했다.

―왜 그래?

"아니야. 너무 아름다워서 그래."

―그런가?

레이나는 자신의 미모에 대한 자각이 거의 없다고 해야 할 만큼 무신경한 편이다.

애초에 레이나가 말하길, 엘프의 외모는 인간의 기준으로 판단하는 것 자체가 잘못되었다고 한 적이 있으니 말이다.

엘프도 유사인종이긴 하지만 엄연히 다른 종족으로 분류

된다고 한다.

그리고 엘프 중에 인간의 기준으로 미남 미녀가 아닌 경우는 본 적이 없다고 했으니 이건 유전적으로 축복받은 것만은 확실했다.

잠깐의 해프닝이 있긴 했지만 진운과 레이나는 별 문제 없이 소지훈의 집을 나섰다.

물론 문 앞에 소지훈이 미리 메모와 함께 놓아둔 용돈도 챙기는 것을 잊지 않았다.

Chapter 06
바
꾸
자

"안녕하세요."

진운이 아파트를 나서면서 어제 보았던 경비에게 인사하

자,

"……?"

진운을 보고 경비는 알아보지 못하는 듯했다.

하지만 바로 옆에 레이나를 보고는,

"아하! 어제 그 외국인 처녀!"

하면서 단번에 알아보았다.

그리고 눈을 커다랗게 뜨더니,

"옷을 제대로 입으니 천사가 따로 없구먼그래."

하면서 뭔가 만족한 듯한 표정이 되었다.

그리고 진운을 한번 흘낏 보더니,

"총각."

"네?"

"자네… 혹시 전생에 나라를 구했는감?"

"네? 그게 무슨 말씀이신지……?"

갑자기 진운을 보면서 나라를 구했냐고 묻는 경비의 말에 진운이 영문을 몰라 하자,

"이런 미녀를 애인으로 데리고 다닐 정도면 말이야, 최소한 나라는 구했어야지. 암!"

마치 자신의 판단이 무조건 맞다는 듯 고개까지 끄덕이면서 레이나에게서 눈길을 떼지 못하는 경비의 모습에 진운은 웃어버렸다.

확실히 레이나는 외모만 본다면 웬만한 미녀는 바로 고개를 숙여야 할 만큼 독보적인 미모를 자랑했다.

하지만 레이나의 본래 성격을 안다면 과연 저렇게 대놓고 쳐다볼 수 있을지 의문이 드는 진운이다.

고문한답시고 남자의 사타구니를 밟아버리는 거침없는 레이나에게 예쁜 외모는 어떻게 보면 하나의 무기에 불과할지도 몰랐다.

"그럼 나중에 뵐게요."

진운은 대충 인사하고 레이나와 함께 아파트를 나섰지만 모퉁이를 꺾어서 사라질 때까지 경비는 레이나에게서 시선을 떼지 못하고 있었다.

그리고 진운은 곧바로 택시를 잡아탔다.

어제와 같이 사람들 구경거리가 되고 싶은 생각이 없는 것도 있지만, 소지훈의 사무실이 여기서 제법 멀기도 했다.

"저 왔어요."

진운은 대형 로펌에서 근무하고 있는 소지훈의 사무실 문을 열고 들어가자 서류를 열심히 보고 있던 소지훈이 벌떡 일어나 진운을 반겼다.

"잘 찾아왔구나."

"택시 타면 알아서 오는 곳인데 무슨 걱정이에요."

"하하하, 그런가?"

소지훈은 어색하게 웃으면서 자리에 앉자 진운과 레이나도 같이 자리에 앉았다.

그리고 문이 열리면서 들어온 여직원에게,

"커피 석 잔 부탁해요. 괜찮지?"

이미 커피를 주문하고 나서 진운에게 물어보는 모습에 진운은 고개만 가볍게 끄덕였다.

잠시 뒤 그윽한 향기가 피어올라 오는 커피 석 잔을 가지고 온 직원은 능숙하게 내려놓고 사무실을 나갔다.

직원이 나가자 소지훈은 일어서더니 문에 달린 조그만 유리창의 커튼을 쳤다. 사무실 밖에서 안을 보지 못하게 하기 위함이었다.

다시 자리로 돌아와 앉더니 레이나를 보면서 뭔가 복잡한 표정을 지어 보였다. 할 말이 있는데 선뜻 내뱉지 못하는 얼굴이었다.

"아저씨, 그냥 말해도 돼요. 레이나도 알고 있어요."

"…뭘 말이냐? 험험."

소지훈은 진운의 말에 일부러 모른 척했지만 진운은 씨익 웃으면서,

"아버지 죽음에 관해 아저씨가 알고 있는 게 있죠?"

"……"

설마 진운이 대놓고 물어볼 줄은 몰랐는지 소지훈이 놀란 눈으로 진운을 보았다.

의외로 편안한 표정의 진운의 모습에 잠시 생각하는 듯하더니 그가 조용히 입을 열었다.

"진운아, 넌 어느 정도까지 알고 있느냐?"

역시나 진운의 예상대로 소지훈도 어느 정도 아버지의 죽음이 사고가 아니라는 것을 알고 있는 것이다.

“국정원에서 아버지를 죽였다는 것은 저도 알고 있어요.”

“……!!”

소지훈은 너무나 편안하게 말하는 진운의 모습에 많이 놀랐다.

그런데 그게 끝이 아니었다.

“그리고 아저씨는 모르겠지만 3년 전에 아버지 납골당에 찾아갔다가 저도 죽을 뻔했어요.”

벌떡!

“뭐라고 했니?!”

진운이 죽을 뻔했다고 하자 소지훈은 불같이 화를 내면서 자리를 박차고 일어섰다.

하지만 진운은 오히려 그런 소지훈을 향해,

“우선 진정하세요. 지금 전 이렇게 살아 있으니까요.”

“왜 나를 바로 찾아오지 않은 거냐!! 나를 찾아왔다면…….”

죽을 뻔했다는 것도 화가 난 소지훈이지만 자신이 전혀 몰랐다는 것이 더 화가 난 듯했다.

하지만 그런 소지훈에게 진운은 너무나 조용하게,

“만약에 그때 제가 아저씨를 찾아갔다면… 아저씨도 아버지 옆에 계실지도 몰라요.”

“…….”

　너무나 차가운 진운의 말에 소지훈은 달리 반박할 말이 없었다.

　소지훈도 갑작스런 교통사고로 죽은 친구의 죽음이 너무나 이상해서 알아보던 와중에 평소 친하게 지내던 선배 검사로부터 손을 떼라는 언질을 받은 것이다.

　거기서 국정원이 개입되어 있었다는 것을 알게 된 소지훈이다.

　하지만 소지훈은 결코 손을 뗄 생각이 없었다.

　진운이 실종되기 전까지는 말이다.

　죽은 친구도 안타깝지만 죽은 친구가 남긴 하나밖에 없는 핏줄인 진운이 외국에서 행방불명되었다는 소식에 소지훈도 어쩔 수 없이 손을 놓고 진운의 행방을 찾는 데 집중할 수밖에 없었던 것이다.

　소지훈은 그 선택이 자신의 목숨을 구하는 데 도움이 되었다는 것을 전혀 모르고 있었다.

　하지만 방금 진운의 말을 들어보면 자신이 만약에 계속 정호식의 죽음에 관련해서 계속 알아내려고 했다면 죽임을 당했을지도 모른다는 생각이 든 것이다.

　"아저씨, 이제 제가 돌아왔으니 아버지 사건은 제가 해결할 거예요."

　진운은 아직도 자신을 자식처럼 대해주는 소지훈이 피해

를 입는 게 싫었기에 이렇게 말했지만 소지훈은 오히려 큰 소리로 진운을 꾸짖었다.

"무슨 소리를 하는 거냐! 호식이 그 친구가 아니라면 난 변호사는 꿈도 꾸지 못했을 거다. 그런 소리는 하지 마라."

잔뜩 화가 난 소지훈의 목소리이긴 했지만 진운은 그 말에서 오히려 소지훈이 자신과 아버지를 얼마나 아꼈는지 느낄 수 있었다.

하지만 여기서 더 이상 소지훈이 관여되는 것을 막아야 했다.

이제 막 결혼해서 신혼생활에 행복해야 할 소지훈에게 파멸이 뻔히 보이는 길을 가도록 놔둘 수는 없었다.

"아저씨."

"험! 그만두거라. 이건 너와 관계없는 거니까."

진운이 무사히 돌아왔기에 소지훈이 다시 죽은 정호식의 사건을 살펴볼 생각이 확실하다고 느낀 진운은 완전히 막기보다는 타협을 하기로 생각을 바꿨다.

사실 어린 시절부터 소지훈을 봐왔기에 자신이 아무리 말린다고 그가 자신의 말을 들어 포기할 리 없다고 생각하긴 했다.

"그보다 아저씨, 저 좀 도와주세요."

"당연하지. 이제 돌아왔으니 내가 관리하던 너의 재산과 모든 것을 다시 네가 가져가야 하지 않느냐?"

진운이 사라진 동안 진운의 재산과 모든 것을 고문변호사의 입장에서 소지훈이 모두 관리하고 있었던 것이다.

"그런 게 아니에요. 그보다 더 중요한 거예요."

"더 중요하다니?"

진운의 표정이 진지하게 변하자 소지훈도 뭔가 진운이 생각한 게 있다는 것을 알아채고는 진지하게 들었다.

"우선 지금 제 신분으로는 국정원의 눈을 도저히 피할 수가 없어요. 그건 아저씨도 이해하시죠?"

"…그거야 그렇지."

소지훈도 자신이 아무리 막아준다고 해도 국정원을 상대로 진운을 보호하는 것은 극히 제한적일 수밖에 없다는 것을 알고 있다.

"그래서 전 새로운 신분이 필요해요."

진운의 말을 들은 소지훈은 많이 놀란 듯 뚫어지게 진운을 바라보았다.

"진운아, 너 설마… 신분 세탁을 할 생각이냐?"

"네. 나쁜 쪽으로 신분 세탁이 아니에요. 제가 예상하기로 국정원에서는 저를 결코 포기하지 않을 거예요. 3년 전 납골당에 한번 들른 것뿐인데도 저를 교통사고로 위장해서 죽이려고 했던 녀석들, 제가 다시 돌아왔다는 걸 알면… 아시죠?"

"끄음."

소지훈은 진운의 말에 짧은 신음 소리를 냈다.

"조금 어려운 부탁이 될 수도 있지만, 가능하면 지금 제 이름을 바꾸지 않는 범위 내에서 비슷한 사람으로 신분을 바꿀 수 있을까요?"

진운은 탑에서 생활하면서 그동안 생각했던 것을 소지훈에게 부탁한 것이다.

사실 3년이 지났다고 해서 국정원에서 진운을 가만히 놔둘 리가 없다.

진운이 은행에서 현금 인출만 해도 아마 곧바로 진운이 있는 곳을 몇 분 만에 알 수 있을 만큼 한국에서 국정원의 눈과 귀는 무섭도록 넓은 편이다.

조폭들도 은근히 뒤에서 국정원이 조율한다는 말이 나올 정도였으니 진운 정도는 껌일 수도 있었다.

물론 진운도 국정원의 감시가 무섭거나 두려운 것은 아니다.

까짓것, 덤비면 얼마든지 쳐부술 수 있었다. 그리고 그런 능력을 가지기 위해 자기 발로 다시 바벨의 탑으로 들어갔으니 말이다.

하지만 사소하게 계속 부딪치는 게 문제였다.

아무래도 국정원은 단체고 진운은 혼자다. 다구리에 장사 없다는 말이 있듯, 아무리 진운이 강해도 혹시라도 국정원에서 소지훈을 걸고넘어지는 경우라도 생기면 골치 아프다.

고민하다 해결책이 나온 것이 바로 진운의 신분을 바꾸는 것이었다.

물론 어설프게 바꿔서는 안 된다. 그럴 경우 무조건 국정원의 눈에 걸릴 테니 말이다.

그래서 소지훈에게 부탁하는 것이다.

법에 관해서는 소지훈보다 잘 아는 사람이 진운의 주변이 없었으니 말이다.

그리고 그 누구보다 믿을 수 있는 사람이기도 했다.

사실 변호사에게 대놓고 신분을 바꿔달라고 말하는 진운도 참 대단하긴 했다.

그렇지만 그만큼 지금 진운은 급하다는 말이기도 했다.

"흠……."

소지훈도 설마 자기한테 신분을 바꾸게 도와달라는 말을 할 줄은 몰랐기에 고민했다. 자칫 잘못하면 자신의 변호사 인생이 끝날 수도 있는 문제였으니 말이다.

하지만 그런 고민은 오래가지 못했다.

"알았다. 내가 도와주마."

정호식의 사건을 파헤치는 것과 진운을 도와주는 것을 동시에 할 수는 없지만 지금은 진운을 도와주는 게 더 급하다는 판단을 내린 것이다.

그런 소지훈의 말에 진운은 웃으면서,

"감사해요."

"그런 말은 필요 없구나. 그보다 그럼 신분이 바뀌게 되는 데 가지고 있던 재산은 모두 어떻게 할 생각이냐?"

진운의 명의로 은행에 있는 재산 30억과 정호식이 운영하는 무역회사의 지분 30%는 결코 적은 재산이 아니었으니 말이다.

"우선 회사 지분은 아저씨가 이대로 계속 관리해 주세요."

아무래도 회사 지분은 현금화하기도 힘들지만, 갑자기 새로운 사람이 나타나 관여하는 것은 더 이상했기에 우선 진운은 거의 포기하기로 했다.

하지만 은행에 있는 현금 30억은 왠지 아깝다는 생각이 들었다.

"돈은… 돈은……."

딱히 신분을 바꾸는 것만 생각했던 진운이기에 막상 재산에 대해서는 미리 생각하지 못하고 있다가 소지훈의 말을 듣고서야 급히 고민했다.

하지만 적은 돈도 아니고 30억이면 일반인에게는 평생 가도 만지지 못할 거금이기에 함부로 움직일 수도 없었다.

그때 소지훈이 아이디어를 냈다.

“그럼 스위스 은행에 차명 계좌를 만들어서 넣어놓는 게 어떠냐?”

“차명 계좌요?”

사실 진운은 차명 계좌가 뭔지 정확하게 잘 모르고 있었다.

대충 말뜻으로는 다른 사람 이름으로 계좌를 만든다는 것이지만 실제 사용 용도는 훨씬 광범위하다.

“자세한 것은 내가 처리할 테니 우선 네가 새로 바꿀 신분부터 알아봐야겠구나.”

“네.”

소지훈한테 모든 것을 맡기는 게 좀 미안하긴 했지만 진운으로서는 최선의 선택이었다.

법에 대해서는 그 누구보다 잘 알고 있는 사람이기도 했고, 소지훈만큼 믿고 맡길 만한 사람도 없기 때문이다.

“음, 그럼 딱딱한 이야기는 이 정도로 하고… 이제 넌 뭘 할 생각이냐?”

사실 진운의 지금 상황은 국내에서 할 수 있는 게 없었다.

하다못해 인터넷에 회원 가입만 해도 곧바로 국정원으로 정보가 넘어갈 테니 말이다.

현대 사회에서 신분을 잃는다는 것은 크나큰 문제다. 평범하게 살아가는 일반인은 모르겠으나, 당장 그런 상황에 처해 있는 진운은 피부로 느끼고 있는 중이었다.

몰래 국가를 넘어온 사람들이 왜 그렇게 신분을 얻고 싶어
하는지 이해가 되는 진운이었다.

"복수하려구요."

"복수? 너… 설마……."

"걱정 마세요. 저 그렇게 무모하지 않아요. 그리고 그동안
손 놓고 있었던 것도 아니구요."

진운은 자신있게 이야기했지만 소지훈에게는 치기 어린
짧은 생각으로밖에 들리지 않았다.

실제 진운의 능력과 레이나의 능력을 전혀 모르고 있으니
말이다.

"안 된다!"

소지훈은 단호하게 진운을 다그쳤다.

소지훈에게는 정호식을 잃은 것만으로도 가슴이 아픈데
진운마저 잘못되는 꼴을 볼 수 없었기 때문이다.

하지만 그렇게 말하는 소지훈 자신도 진운이 자기 말을 들
을 것이라고는 생각하지 않았다.

"걱정 마세요. 제가 그렇게 무모한 사람은 아니니까요. 그
리고 전… 아저씨가 생각하는 것 이상으로……."

말을 하던 진운은 곧은 눈으로 소지훈을 바라보면서,

"강해요!"

다부진 눈동자에서 느껴지는 힘, 끝까지 고집을 피우려는

진운에게 한소리 하려던 소지훈의 행동을 그 힘이 막아버렸다.

소지훈도 자신이 이제 겨우 성인이 된 진운에게 압박을 받을 줄은 몰랐는지 당황했지만 진운이 눈동자에 힘을 풀자 곧 그 압박감도 사라져 버렸다.

"…너 도대체……."

소지훈은 방금 자신의 어깨를 짓누르던 압박감이 잔흔처럼 남아 어깨가 뻐근한 느낌이 들자 놀라서 진운에게 물었다.

하지만 진운은 대답 대신 살짝 웃기만 했다.

도대체 실종되어 있는 기간 동안 무슨 일이 있었기에 진운이 이처럼 변했는지 소지훈은 알 길이 없었다.

하지만 한편으로는 자신을 압박하던 이것만이 진운이 현재 가지고 있는 힘의 전부는 아닐지도 모른다는 막연한 생각이 들었다.

"후, 알겠다."

"죄송해요."

"아니다. 내가 미련을 못 버리는데… 진운 네게 잊어버리라고 하는 내가 잘못된 거지."

아버지의 죽음을 잊고 살아가라고 한다는 건 가장 잔인한 처사였다.

만약 진운이 정호식의 죽음에 대해서 알지 못했다면 모르

겠지만, 그것을 다 알고 이미 죽을 뻔한 경험을 겪은 상황에
서 소지훈이 아무리 타일러 봐야 소귀에 경 읽기일 것이니 말
이다.

“이제 그만하고, 오늘 다른 할 일 있니?”

“저요? 아니요.”

소지훈은 진운이 특별히 할 일이 없다고 하자 잘됐다는 듯,

“그럼 이곳에서 조금 멀지 않은 곳에 있는 성형외과를 좀
찾아가 보아라.”

“성형… 외과요?”

갑자기 성형외과를 찾아가라는 소지훈의 말에 진운이 고
개를 갸웃거리자 그런 진운의 모습에 소지훈은 웃으면서,

“내 와이프가 그 병원 원장이란다.”

“네?”

진운은 스무 살이나 어린 와이프를 얻은 것도 대단하다고
생각했는데 그 와중에 성형외과 원장이라는 말에 다시 놀랐
다.

“뭘 그리 놀라?”

“아니… 사실 얼핏 봐도 스무 살 이상 연하잖아요.”

“후후훗, 너도 알아챘니?”

당연했다.

딱 봐도 소지훈은 나름 미중년의 모습을 간직하고 있지만

세월의 힘 앞에서는 결국 그도 나이를 먹을 수밖에 없으니 말이다.

특히나 변호사라는 직업적 특성상 오히려 더욱 노련해 보이기 위해 정장과 딱딱한 느낌의 옷을 입다 보니 자기 나이대로 보였다.

하지만 최미영은 화장은커녕 완전 무방비 상태인 어제 봤을 때도 30대로 보일 만큼 어려 보였으니 그걸 모르면 바보이다.

"아저씨, 저도 사람 나이 정도는 구분해요. 나 참."

은근히 스무 살이나 어린 와이프를 얻은 것을 자랑하려는 듯 보이는 소지훈의 모습에 진운이 혀를 차자 괜히 민망한 듯 헛기침을 몇 번 한 소지훈이다.

"아무튼 내 와이프가 혹시나 나올 일이 있으면 자기에게 보내달라고 했거든."

"저를요?"

"아니, 너와 레이나 씨 둘 다."

"……?"

도대체 어제 처음 만난 자신들을 왜 굳이 병원으로 와달라고 부탁까지 했는지 궁금한 진운이었지만 어제 레이나가 살펴본 결과 크게 다른 문제는 없어 보였기에 가겠다고 대답했다.

사실 오늘 가장 큰일이 바로 진운의 신분을 바꾸는 문제를 부탁하는 것이었는데 소지훈도 진운의 사정을 알고 있기에 의외로 쉽게 해결되어서 딱히 계획한 일은 없었다.

"그럼 저흰 이만 일어날게요."

진운이 이곳에 있어봐야 소지훈에게 오히려 방해만 될 게 뻔하니 눈치껏 볼일이 끝났으니 일어나려고 했다.

"아저씨, 농땡이 피우면 안 돼요?"

딱 봐도 책상 위에 법정 서류가 한 뭉치가 떡하니 자리 잡고 있는 것을 보니 저것만 해도 오늘 하루 종일 매달려야 할 것 같았다.

"넌 어째… 매사에 공과 사를 칼같이 구분하는 것도 네 아비 호식이를 그대로 닮았냐."

소지훈은 매몰차게 소지훈의 말을 잘라 버리고 거기다 못 까지 박는 진운의 모습에 불만인 듯 투덜거렸다.

진운은 그런 그의 모습을 보면서 웃었다.

정호식이 죽은 지금 진운에게 아버지 같은 사람은 이 세상에 소지훈뿐이다.

"그럼 저희는 이만 갈게요."

매정하게 소지훈을 사무실에 내버려 두고 진운과 레이나는 사무실을 나섰다.

그들이 거리로 나오자 일제히 자신들에게 집중되는 시선

을 느끼긴 했지만 이미 어제 길거리에서 당한 경험이 있다 보니 무시하고 곧장 소지훈의 와이프인 최미영이 운영하는 성형외과 건물을 향해 발길을 옮겼다.

한편 진운이 로펌 사무실을 나가자 이례적으로 소지훈은 직원들의 방문을 받아야 했다.

"소 변호사님."

"응? 자네들 웬일인가?"

나름 이곳 로펌에서 나이도 많고 실적도 높은 편이라서 은근히 어려운 소지훈에게 이처럼 직원들이 먼저 사무실로 들어오는 경우는 거의 없기에 놀랐다.

"방금 나간 커플… 아시는 분이에요?"

특별하게 법률 상담 예약이 잡혀 있지 않는 상황에 소지훈이 웃는 얼굴로 반겼다면 무조건 아는 사람일 가망성이 100%였기에 직원들이 이처럼 물어보는 것이다.

"아, 그냥 아는 사람 아들이야. 왜들 그래?"

"저기… 혹시 방금 나간 두 사람, 부부입니까?"

소지훈은 레이나와 진운을 생각해 봤지만 부부로는 보이지 않았다. 만약에 결혼을 했다면 자신에게 말하지 않았을 리가 없으니 말이다.

"아닐걸?"

"혹시 또 언제 오는지 아세요?"

"오호~"

그제야 남직원들이 이렇게 자신의 사무실에 거의 쳐들어 오다시피 방문한 이유를 눈치챈 소지훈은 입꼬리를 슬쩍 올리면서,

"그 두 사람 아주 진한 사이야. 그리고 같이 먹고 자는 사이니까 그만 관심들 꺼!"

"네에?"

소지훈의 말에 급격하게 얼굴에 실망이 가득한 남직원들은 어깨를 축 늘어뜨린 채 발걸음을 돌려야 했다.

그런데 남직원들이 나가고 나서 보인 여직원들도 왠지 힘이 없어 보였다.

처음 진운과 레이나가 찾아왔을 때 남직원들은 법률 상담 때문으로 생각했던 것이다.

하지만 워낙에 레이나의 미모가 빛을 발하다 보니 소지훈의 사무실 안으로 레이나와 진운이 들어가자마자 굉장한 외국 미녀가 왔다는 소문은 순식간에 로펌 건물 전체로 퍼져 버렸다.

웬만해서는 고객들의 비밀 등 신용을 위해 이렇게 소문이 퍼지는 경우가 없지만 소지훈 변호사가 오늘 법률 상담 예약이 전혀 없었다는 것을 알고는 혹시나 아는 사람일 수도 있다는 생각에 남직원들이 벌떼같이 몰려든 것이다.

언젠가는 나올 레이나를 기다리면서 말이다.

그리고 직접 눈으로 본 남직원들은 오늘 남자로 태어난 것에 감사의 기도를 드렸고, 여직원들도 진운을 보고는 여자로 태어난 것에 감사드렸다.

물론 소지훈으로부터 두 사람이 같이 살면서 먹고 자고 할 만큼 깊은 사이라는 말을 듣기 전까지는 말이다.

Chapter
07
최미영

“여긴가?”

소지훈이 일하고 있는 로펌 건물에서 의외로 멀지 않은 곳
에 특이한 외관을 가진 성형외과 건물을 찾을 수 있었다.

위치가 교통량이 많은 사거리에 있었고 바로 옆에 커다란
백화점 건물까지 있는 것을 보니 웬만한 돈이 아니고서는 운
영은 꿈도 꾸지 못할 만큼 비싸 보이는 건물이다.

그런데 소지훈의 말대로 정말 최미영이 원장인 듯했다.

성형외과 이름이 바로 ‘최미영 성형외과’ 라고 대문짝만
하게 걸려 있는 것을 본 진운은 도대체 그 정도 미인에 재력

을 가지고 있는 여자가 나이 차이가 20년이나 나는 소지훈과 결혼한 게 이해가 가지 않았다.

─진운은 아까부터 뭘 그렇게 웃어?

진운이 최미영 성형외과라는 간판을 보고 웃는 것에 레이나가 궁금한 듯 물어보자,

“아, 그냥… 도대체 아저씨 와이프, 아니, 최미영 씨는 아저씨 어디가 좋아서 결혼한 걸까 생각해 보니 그냥 웃겨서……”

진운의 대답에 레이나는 고개를 갸웃거리면서,

─그게 이상해?

“그럼 이상하지 않나? 나이 차이가 무려 20년 이상이야. 나도 자세히는 몰라도 최소 20년이야. 생각해 봐. 지훈 아저씨는 오십에… 환갑까지 얼마 남지 않았지만 반대로 어린 여자는 이제 막… 시작하는 나이잖아.”

사실 누가 봐도 진운과 같은 말을 했을 것이다.

이왕 결혼을 했고 소지훈을 아끼는 진운이기에 이런 말을 해도 크게 상관은 없지만 그래도 본인 앞에서는 하지 않았다.

그런데 레이나는 진운의 그런 사고방식이 이상한 듯 고개를 계속 갸웃거리더니,

─내가 보기에는 지극히 정상적인 것 같은데?

“응? 정상이라고?”

─대륙에서 스무 살 정도는 아무것도 아니야. 50대 공작이
나 후작이 막 성인식을 마친 열다섯 살 영애를 후궁으로 들이
는 일이 대부분이야. 내가 살던 대륙에서는 말이야.

레이나의 말을 들은 진운은 자신도 모르게,

"더러운 놈들!"

무의식중에 그런 말이 튀어나왔다.

사실 서른 살과 쉰 살은 정말 남자가 능력이 좋거나 서로
열렬히 사랑한다고 생각할 수 있지만 50대와 열다섯 살은 누
가 봐도 범죄였다.

진운의 사고방식으로는 말이다.

하지만 레이나에게 50대와 30대의 결혼은 너무나 자연스
러운 것이다.

성인식을 마치고 스무 살이 되기 전에 대부분 결혼하는 풍
습을 가진 대륙에서는 오히려 여자 나이가 서른 살이 넘으면
가문의 수치로 여겨지는 것이 대부분이기에 오히려 레이나의
눈에는 결혼을 잘한 것으로 보였다.

어제 본 모습으로는 서로 정말 사랑했으니 말이다.

"내가 말을 말자."

지극히 자신이 살던 대륙의 생활방식과 사고방식이 기준
이 되어 있는 레이나에게 이곳의 사고방식을 강요할 수는 없
었다.

그리고 서로 좋아서 했다는데 이제 와서 누가 뭐라고 하겠는가?

오히려 돈 잘 버는 성형외과 원장을 마누라로 삼은 소지훈의 능력을 부러워해야할 판이니 말이다.

사실 진운도 약간은 그런 감정이 있긴 했다.

지극히 남자로서의 본능적인 감정으로 말이다.

―그런데 진운.

"응?"

―내 나이 알고 있지?

뜬금없이 자기 나이를 묻는 레이나의 말에 고개를 끄덕이자,

―그래, 알면 됐어.

그리고는 말을 끊어버리는 레이나다.

"왜 나이를 아느냐고 물어?"

―아무것도 아니야. 그보다 언제까지 이곳에 서 있을 거야?

레이나의 말에 그제야 주변을 보니 역시나 진운과 레이나를 대놓고 쳐다보는 사람부터 병원 안에서 훔쳐보는 사람까지 다양했다.

역시나 레이나도 그렇지만 진운도 자신의 외모에 아직 둔감한 것은 마찬가지였다.

두 사람은 건물 안으로 들어갔다.

"누굴… 찾아오셨어요?"

갑작스레 미남 미녀가 카운터에 나타나니, 직원이 살짝 놀란 듯 말을 더듬었다.

"원장님 찾아왔습니다. 정진운과 레이나가 찾아왔다고 전해주세요."

진운이 대답하자 직원이 곧바로 전화기를 들더니 몇 마디 하고서는,

"저기 옆에 보이는 직원 전용 엘리베이터를 타고 8층으로 가시면 돼요."

"네, 고마워요."

"별말씀을."

얼굴을 붉히는 직원이었지만 이미 고개를 돌려 엘리베이터로 향한 진운은 미처 보질 못했다.

"직원 전용까지 있고, 엄청 큰 병원인가 보네."

자기 이름을 걸고 하는 병원이라 할지라도 직원 전용 엘리베이터까지 있는 경우는 찾기 힘든 편이다.

특히나 건물 자체가 성형외과용으로 처음부터 지어진 것처럼 보이는 것만 봐도 웬만한 재력이 아니고서는 힘들 만큼 대단했다.

레이나는 엘리베이터 뒤쪽이 유리로 되어 있어 엘리베이

터가 올라가는 동안 점점 멀어지는 지상을 보기에 여념이 없
었다.

띠링~

직원 전용이라 그런지 중간에 멈추는 경우도 없이 곧바로
8층에 도착해서 엘리베이터 문이 열렸고, 진운과 레이나가
내리자 바로 앞에 원장실이 보였다.

끼익~

"어머?"

마침 진운이 엘리베이터를 내리자 원장실 문이 열리면서
최미영이 모습을 드러냈다.

"생각보다 일찍 왔네요?"

"아, 네. 그보다 지훈 아저씨에게 들었는데, 저희를 보자고
하셨다기에……."

무슨 영문으로 자신과 레이나를 부른 건지 궁금했던 진운
이 물어보자,

싱긋~

대답 대신 활짝 웃은 최미영은 진운과 레이나를 한번 훑어
보더니 아주 만족한 듯한 표정을 지었다.

"딱 맞았나 보네요."

"네?"

—……?

최미영의 말에 진운뿐만이 아니라 레이나도 고개를 갸웃거렸다.

"우선 안으로 들어와요. 복도에서 이렇게 서서 이야기할 건 없잖아요?"

최미영이 진운과 레이나를 원장실로 안내해 들어갔다.

진운의 눈에 가장 먼저 들어온 것은 한눈에 봐도 돈 좀 들였을 것 같은 원장실의 모습이었다.

벽에 걸려 있는 그림도 왠지 범상치 않아 보이고 전체적으로 고급스럽게 꾸며져 있었다.

"앉아요."

최미영의 안내로 소파에 앉은 진운은 자리에 앉자마자 한쪽에서 풍겨오는 그윽한 녹차 향기를 맡았다.

"때마침 지금 녹차를 우려내는 중이었는데, 어때요?"

"전 좋습니다."

진운이 흔쾌히 대답하자 최미영은 레이나에게 물었다.

"레이나 양은 어때요?"

─저도 좋아요.

"그럼 녹차로 할게요. 어제 괜찮은 녹차를 구했기에 시험 삼아 우려내는 중이거든요."

"네."

어제 처음 만났는데 최미영은 진운과 레이나를 대하는 것이 전혀 어색하지 않았다.

거기다 부드럽게 대하면서도 상대를 편안하게 해주는 특이한 능력까지 있었다.

딸각~

최미영이 손수 진운과 레이나 앞에 우려낸 녹차를 놓아주고는 자리에 앉았다.

하지만 편안하게 녹차를 마시면서 맛을 음미하고 있는 최미영과 달리 진운은 조금 어색했다.

어제 처음 본 사람과 마주 앉아서 무슨 할 말이 있겠는가?

녹차를 다 마실 때까지 최미영을 비롯해 진운과 레이나도 말 한마디 하지 않았던 것이다.

뭐랄까, 편안한 최미영과 달리 진운은 어색한 게 그대로 눈에 보일 정도다.

딸각~

녹차를 다 마신 최미영이 잔을 내려놓자 진운도 슬쩍 다 마시고는 내려놓았다.

"어때요?"

살짝 미소를 지으면서 왠지 모르게 보는 것만으로도 상대에게 편안함을 주는 최미영의 모습에 진운은,

"향이 좋네요."

"그렇죠? 어제 중국에서 고객이 선물로 보내준 거예요."

별다른 말 없이 사소한 이야기로 대화를 시작한 최미영이 유독 레이나를 유심히 쳐다보는 것을 알아챈 진운이 말문을 열었다.

"저기……."

사실 소지훈의 아내인 최미영을 어떻게 불러야 할지 난감하던 진운은 막상 부르긴 했는데 어떤 호칭을 써야 할지 몰라서 말이 끊겨 버렸다.

"그냥 미영 씨라고 불러도 돼요."

"아무리 그래도… 그건 좀……."

아버지 같은 소지훈의 아내에게 미영 씨라고 막 부르는 것은 진운에게 아무래도 거북스러웠던 것이다.

"음, 어차피 진운 씨와 전 열 살 정도밖에 차이가 나지 않는데 뭐 어때요."

상당히 개방적인 마인드를 가지고 있는 듯한 최미영이었지만, 진운은 아무리 그래도 미영 씨라고 부르기는 좀 그랬다.

하지만 그렇다고 마땅히 부를 만한 호칭도 없었다.

"그럼 누나라고 불러요."

"네?"

장난치듯 말하는 최미영의 말에 진운이 더 놀라자,

"호호호, 그냥 누나라고 불러요. 어차피 남편 친구 아들이잖아요? 나이도 열 살 정도니까 누나라고 불러도 상관없을 것 같은데, 어때요?”

“그러기에는……."

나이가 10년 정도 차이나는 것은 맞지만 소지훈이 진운에게 아버지 같은 의미를 가진 사람이라는 게 역시나 진운에게는 걸림돌이었다.

그런데 그런 것을 알면서도 최미영은 은근슬쩍 누나라고 불러달라고 계속 애교 섞인 강요를 한다.

거기다 곤란한 표정을 짓는 진운을 놀리는 것에 재미 들린 듯 말이다.

─진운, 누나라고 불러도 될 것 같은데.

“레이나……. 에휴.”

레이나까지 최미영의 편을 들어서 지원 사격을 하자 결국 진운은 먼저 두 손을 들 수밖에 없었다.

“네, 그럼 누나라고 부를게요.”

“그럼 누~ 나~ 해봐요.”

“지금요?”

끄덕.

아무리 그러기로 했다고 곧바로 누나라고 불러달라고 요구하다니, 진운은 도대체 성격이 얼마나 좋으면 저럴까 하는 생각이 들었다.

한편으로는 서른 살이 넘은 잘나가는 성형외과 원장으로
보이지 않는 면도 있었다.

"누… 나……."

외아들로 친척 하나 없이 자라온 진운은 형이나 누나라고
부르는 것이 의외로 힘들다는 것을 오늘 처음 알게 되었다.

"그쪽 레이나 양도 진운과 비슷한 나이죠?"

―네.

획~

진운은 눈 하나 깜짝하지 않고 거짓말하는 레이나의 모습
에 자신도 모르게 빠르게 고개가 돌렸다.

그러나 차마 300 넘게 살아온 엘프라고는 입 밖으로 말하
지 못했다.

그런 사실도 모른 채 최미영은 레이나에게 진운과 비슷한
것을 요구하기 시작했다.

"그럼 레이나 양은 언니라고 부르면 되겠네요."

―그게 좋겠네요, 언니.

진운과 달리 너무나 쉽게 언니라고 말하는 레이나의 모습
에 최미영은 아주 만족한 듯한 표정이다.

"그보다 옷은 잘 맞았어요?"

―네, 감사합니다. 신경 써주셔서.

레이나가 앉은 자세이긴 했지만 고개를 숙이면서 고맙다

고 인사하자 고개를 흔들던 최미영은,

"그냥 눈대중으로 대충 신체 치수를 재서 준비했는데 잘 맞는다니 다행이네요."

진운은 몰랐지만 여자의 신체 치수를 잠깐 몇 번 본 것만으로 가슴 사이즈까지 정확하게 맞게 준비한 최미영의 눈썰미는 대단한 것이다.

물론 성형외과를 운영하기에 어느 정도 직업적으로 발전한 것도 있어 보이지만 확실히 재능이긴 했다.

물론 진운은 그게 그렇게 대단한 건지 전혀 모르고 있지만 말이다.

레이나뿐만 아니라 진운이 지금 입고 있는 옷도 최미영이 몇 번 눈으로 살펴보고 딱 맞게 준비한 것이었다.

―특히 가슴 속옷이 저에게는 신선한 경험이었어요, 언니.

"어머, 설마 브래지어가 처음……?"

―네. 다행히 진운이 입는 법을 알고 있어서 크게 문제는 없었어요.

"어머!"

"……"

도무지 부끄러움이라고는 찾아볼 수 없는 레이나의 대답보다 그걸 듣고도 오히려 모든 것을 다 알고 있다는 듯 미소를 짓는 최미영의 웃음이 진운을 더욱 당황하게 만들었다.

"뭐 젊은 남녀 사이에 그 정도는 서로 기본적으로 알아야 할 에티켓이니 괜찮아요, 진운."

오히려 아무것도 아니라는 듯 위로까지 하는 최미영이지만 눈으로 웃고 있는 것이 뻔히 보이기에 그 말이 진심으로 느껴지지는 않았다.

"그것보다 오늘 스케줄은 어때요?"

"별것 없습니다, 누… 나……."

역시나 여전히 누나란 단어가 어색한 진운이다.

쉽게 입에서 나오려면 어지간히 누나라고 불러야 할 듯했다.

"음……."

여전히 진운이 누나라는 것을 어색해하자 최미영은 그게 마음에 들지 않는 듯 잠시 입을 다물더니,

"그럼 내가 연장자이니까 말 놓을게. 괜찮지?"

사실 그냥 말을 놓아도 최미영의 위치가 진운에게는 크게 상관없었다.

오히려 존대를 해주는 것이 진운에게는 더 불편했다.

"네."

"이런, 누나라고 붙여야지. 네, 누나~ 해봐."

"그게……."

"그럼 레이나는 어때?"

─그럴게요, 언니.

진운이 민망할 만큼 적응력 하나는 끝내주게 좋은 레이나
였다.

"네, 누나⋯⋯."

"뭐 지금이야 어색하지만 곧 익숙해질 거니까 그건 뒤로
미루고, 가방 하나 없이 남편에게 온 것을 보니 둘 다 지금 입
고 있는 옷 외에는 없지?"

정확하게 짚어내는 최미영의 말에 레이나는 당연하다는
듯,

─네. 저희는 수중에 돈도 없어요, 언니.

"역시나⋯⋯. 그럼 일어나 쇼핑부터 하러 가자."

그리곤 곧장 일어선 최미영은 입고 있던 흰색 가운을 벗어
버리고는 외투로 바꿔 입더니 자신의 책상으로 가서 인터폰
을 켰다.

"나 잠깐 외출할 테니까 급한 거 있으면 휴대폰으로 연락
해요."

[네, 원장님.]

깍듯하게 대답하는 직원의 인사를 받으며 그녀가 돌아섰
다.

"자, 이제 갈까?"

순식간에 최미영의 페이스에 휘말린 진운은 그대로 병원

을 나와 최미영을 따라 가까이 있는 백화점으로 발길을 옮겼
다.

"뭐 옷걸이가 둘 다 워낙 좋으니까 사이즈 걱정은 할 필요
는 없겠네."

사실 레이나의 몸매는 서양 사람들도 이상적으로 원하는
몸매였다.

일반적으로 그런 몸매를 유지하려면 엄청난 노력과 자기
관리가 필요했지만, 레이나는 그런 게 전혀 필요 없는 축복받
은 몸을 가지고 있었다.

물론 진운도 몸이 마나의 적응을 끝낸 이상 아무리 먹어도
살이 찌거나 몸매가 변할 수가 없었다.

마나가 언제나 최적의 몸 상태를 유지하도록 관리해 주니
말이다.

백화점 안으로 들어온 최미영은 1층부터 진운과 레이나를
데리고 다니면서 옷을 입혀보기 시작하는데, 막상 들어올 때
는 몰랐는데 들어와서 옷을 입어보고 나자 문제가 생겨 버렸
다.

"이런, 다 어울리잖아."

어떻게 된 게 레이나가 입고 나오는 옷마다 직원들마저 감
탄할 만큼 딱 맞고 어울리자 어떤 것을 골라야 할지 난감해져
버렸다.

하다못해 이월 제품으로 떨이 판매를 하는 허름한 재킷도 레이나가 걸치고 나오자 떨이 상품인 것을 알고 있는 직원마저 사고 싶은 충동이 느껴질 정도였으니 말이 필요 없었다.

거기다 은근히 레이나도 옷을 입어보는 것에 재미를 느꼈는지 처음에는 최미영의 강요에 옷을 한두 벌 입어보다가 한 시간 정도 지나자 레이나가 먼저 옷을 골라서 입어보는 지경에 이르렀다.

덕분에 아직 진운은 옷을 입어보지도 못하고 있었다.

이곳 백화점 1층부터 3층까지는 모두 여성복으로 채워져 있었고, 4층으로 올라가야 그나마 진운이 입을 만한 옷이 있는 매장인데 이제 겨우 2층에서 벌써 두 시간째 이러고 있는 것이다.

"진운이 보기엔 어때?"

레이나가 직접 골라서 들어가 입어보고 나온 모습에 최미영이 묻자 진운은,

"예쁘네요."

"이런, 그런 말로는 여자를 감동시키지 못하는데 말이야."

진운의 무심한 듯 건성이 느껴지는 대답에 최미영이 한마디 하고는 레이나에게 다가갔다. 마치 코디네이터라도 된 듯 옷을 만지며 최종적으로 마무리해 주는 정성까지 보였다.

하지만 진운에게는 그런 최미영의 관심과 배려가 부담스

러웠다.

"에휴, 이렇게까지 하지 않으셔도 되는데……."

최미영이 진운과 레이나와 친해지려고 노력한다는 것을 진운도 충분히 느끼고 있고, 그런 최미영의 노력이 제법 빛을 발하고 있는 편이다.

하지만 가까운 친척 하나 없고 하물며 형제도 없이 외동아들로 자라온 진운에게는 갑자기 누나가 생겼다는 것이 많이 어색할 수밖에 없었다.

"그럼 우선 급한 대로 이 정도만 하고, 다음은 진운이 옷 사러 가야지?"

쇼핑백 다섯 개에 점퍼만 세 벌을 산 것이 급한 대로 대충 산 거라는 최미영의 말에 진운은 순간 남자들이 왜 여자와 쇼핑을 오면 죽을상을 하는지 이해가 되었다.

그런데 4층으로 올라간 최미영은 진운의 옷을 몇 번 골라주긴 했지만 레이나와 있을 때와 달리 적극적으로 나서진 않았다.

대신 은근히 레이나를 앞세워서 진운의 옷을 골라주도록 유도했다.

그것도 너무나 눈에 뻔히 보이게 말이다.

일부러 레이나를 진운에게 밀면서,

"어머, 저기~ 저런 거 입으면 참 어울리겠네. 그치, 레이나?"

라고 말이다.

아예 처음부터 이럴 계획으로 온 것이 분명해 보일 만큼 치밀하기까지 했다.

하지만 최미영의 기대와 달리 한 매장에서 티셔츠부터 점퍼까지 모두 한꺼번에 진운은 구매해 버렸고, 레이나도 그런 진운의 행동에 따라 버려서 결과적으로는 최미영이 실패한 셈이었다.

그나마 진운의 옷걸이가 너무 좋아 어울렸기에 억지로 다른 매장을 가자는 핑계도 대지 못하고 말이다.

레이나의 옷을 고를 때는 세 시간이나 걸렸지만, 진운의 옷은 단 30분 만에 모두 해결해 버렸다.

하지만 이것을 보상하기라도 하듯,

"아, 배고프다."

마치 동생이 칭얼거리는 듯한 최미영의 말에 결국 진운은 백화점 레스토랑까지 가야 했다.

조금 뒤에 최미영의 연락을 받은 소지훈이 레스토랑으로 들어왔다.

"어때? 와이프가 잘해줘?"

소지훈은 들어오자마자 진운에게 한마디 하자,

"오빠는 어떻게 와이프보다 진운을 먼저 찾아요?"

최미영이 약간 새침한 표정으로 말하자 그제야 최미영을

달래는 소지훈의 모습은 영락없는 공처가였다.

그런 관계구도를 보자니, 진운이 보기에 최미영은 현명한 여자 같아 보였다.

오히려 소지훈에게 부담스러울 만큼 말이다.

"그거 알아?"

스파게티를 먹고 있는 진운과 레이나에게 최미영이 눈을 반짝거리면서 입을 열었다.

"내가 오빠한테 먼저 프러포즈했다는 거."

"풋!"

순간 진운은 먹던 파스타면이 튀어나올 뻔한 것을 겨우 참았지만 레이나는 달라진 게 없었다.

"애들한테 무슨 그런 이야기를… 참."

옆에서 듣던 소지훈도 괜한 이야기를 한다고 핀잔을 주었다.

그래도 연하의 잘나가는 성형외과 아내가 먼저 프러포즈했다는 말을 굳이 막진 않았다.

"사실 한 10년 정도 됐거든. 처음 오빠를 보고 반한 게 말이야. 후후훗. 그리고 10년이나 걸려서 내가 먼저 프러포즈해 버렸어. 내가 구제해 주지 않으면 이대로 총각으로 늙어 죽을 것 같아서 말이야."

"험, 험험."

괜히 민망한지 고개를 돌려 모른 척하는 소지훈과 그걸 애교
스럽게 다그치는 최미영의 모습이 마냥 보기 좋은 진운이다.

"그보다, 이거 받아라."

소지훈은 진운에게 카드를 한 장 내밀었다.

"아저씨, 뭐예요?"

"일이 마무리될 때까지 이걸 쓰도록 해라."

"아, 네, 알았어요. 고마워요."

사소한 것 하나까지 신경 써주는 소지훈의 배려가 고마운
진운이었다.

하지만 그만큼 어떻게든 아버지의 사건에서 소지훈이 손
을 떼게 해야겠다고 다시 다짐하게 되었다.

자신 때문에 소지훈의 행복이 사라지는 것은 있을 수 없는
일이다.

"아참, 할 일이 있었는데 깜빡했네요."

애교 닭살이 흘러내리는 소지훈과 최미영을 보고 있던 진
운이 다 먹고 슬며시 일어서면서 말하자,

"그래? 같이 들어가자고 하려고 했는데……. 그럼 이것도
챙겨 가거라."

소지훈은 주니에서 작은 막대기 하나를 꺼내 진운에게 주
었다.

"집 열쇠다. 혹시나 늦거나 우리보다 일찍 들어갈 것 같으

면 그걸로 열고 들어가면 된다.”

“네.”

진운이 슬쩍 레이나를 쳐다보자,

끄덕~

레이나도 알겠다는 듯 자리에서 일어서더니 조용히 진운의 뒤를 따랐다.

“진운아, 일찍 들어와라, 잠은 집에서 자야 한다.”

“알았어요. 걱정 마세요.”

마치 아버지가 잔소리하듯 말하는 소지훈의 모습에 애써 웃으면서 서둘러 레스토랑을 나온 진운과 레이나는 곧바로 길 건너에 있는 공원으로 향했다.

―진운, 무슨 일이 있기에 그래?

레이나는 진운의 눈빛을 읽고 따라나서긴 했는데 아직 진운에게 들은 이야기가 없기에 물어본 것이다.

“아무래도 국정원 일을 빠르게 처리해야 할 것 같아.”

―빠르게?

“지훈 아저씨가 아무래도 아버지 사고를 파고들 생각인 것 같아.”

원래 탑에서 레이나와 진운이 세운 계획은 조금 늦더라도 확실하게 국정원과 그 배후까지 찾아내서 복수를 하려는 것이었다.

그런데 뜻밖에도, 세상에 나와 보니 소지훈이 결혼을 한 것이다.

그것도 아주 깨소금이 쏟아져서 기름이 흘러 강이 될 만큼 행복하게 살고 있는 모습과, 그런 상황에도 소지훈은 아버지의 사건을 다시 파헤칠 생각을 가지고 있다는 것을 진운이 감지한 것이다.

진운은 결국 아버지의 일이기에 소지훈은 그만 자신의 행복을 찾아서 잊어주길 바랐지만, 진운이 생각한 것 이상으로 정호식과 소지훈의 사이는 막역했던 것이다.

결과적으로 지금은 진운의 부탁으로 바로 사건을 파고들지는 못하겠지만, 머지않아 생활이 안정되고 나면 다시 조사를 시작하리라.

그러한 생각이 뻔히 보였기에 계획을 전면 수정하기로 했다.

―주위 친한 이들에게 부담을 주고 싶지 않은 거야?

레이나가 진운의 마음을 아는 듯 물어보자,

"결국 내 아버지의 일이야. 난 아들이니까 복수하는 건 당연해. 하지만 지훈 아저씨는 아니야. 이제 늦게 장가도 갔는데, 얼른 자식 낳아서 행복하게 사셔야지."

―하긴… 인간들은 자손을 남기는 것에 극도로 예민하니까.

"그래서 우선 룸으로 돌아가서 빠르게 처리해야 할 것

같아.”

진운이 앉았던 벤치에서 일어나자 레이나도 따라 일어서면서,

―좋아.

라는 말과 함께 둘은 사람의 눈이 잘 띄지 않는 곳으로 이동했다.

“게티아!”

인적이 없는 것을 확인한 진운은 오른손을 들어 게티아를 이용해 차원의 문을 열고는 레이나와 함께 사라져 버렸다.

*　　*　　*

진운과 레이나가 있는 이곳은 3년 동안 게티아와 레메게톤을 이용해서 탑의 모든 것을 알아가던 도중에 찾은 곳으로, 특별하게 이름이 정해진 것은 아니다.

다만 이곳에서 진운이 원하는 모든 정보를 얻을 수 있기에 간단하지만 포괄적인 뜻을 가진 ‘룸(Room)’ 으로 불렀다.

그리고 특이하게 룸에서 그동안 감쪽같이 사라졌던 론도 다시 만날 수 있었다.

―론, 진운의 사건과 관련된 국정원 요원의 명단과 지금 있는 위치를 알려줘.

아무래도 론을 부리는 것은 레이나가 익숙했기에 론을 이용해서 정보를 찾아내는 것은 모두 레이나가 담당했다.

대신 진운은 그런 모든 레이나의 명령을 게티아를 이용해서 승인해 주는 열쇠 역할을 했다.

물론 진운이 직접 찾을 때도 있지만 이미 명령을 내려놓은 것을 불러오는 것은 거의 레이나가 했다.

"박진수."

레이나의 명령으로 가장 먼저 룸의 허공에 홀로그램처럼 모니터 화면이 그려지면서 떠오른 얼굴은 진운도 익히 아는 이었다.

납골당에서 마지막까지 있다가 보았던 얼굴로, 진운을 죽이기 위해 국정원 요원들을 보낸 팀장이었다.

그리고 사진 옆에 한 장의 지도에 붉은 점이 깜빡이고 있었는데, 이건 박진수가 현재 있는 위치를 나타내는 것이다.

사실 진운도 바벨의 탑이 얼마나 대단한지 모르고 있지만 현재 지구상에 바벨의 탑이 얻지 못할 정보는 없었다.

그뿐이 아니라 과거 지구의 역사까지 고스란히 가지고 있는 것이 바로 바벨의 탑이었다.

아직 자신이 강해지고 복수를 하기 위한 수단으로 바벨의 탑을 이용할 뿐인 진운에게는 진정한 바벨의 탑을 위력을 알기까지는 시간이 더 걸릴 것이다.

—진운, 이 녀석을 먼저 처리할 생각이야?

"응. 아무리 국정원이라도 팀을 나눠서 독자적으로 프로젝트를 운영한다고 들었으니까 아마 명령받는 요원보다는 팀장이 뭔가 확실히 알고 있지 않겠어?"

—하긴.

국가 권력을 가지고 움직이는 조직이 쉽게 꼬리가 잡힌다면 그게 정말로 이상한 일이다.

진운도 그동안 바벨의 탑을 이용했기에 이 정도까지는 알 수 있었다.

그런데 박진수를 유심히 바라보고 있는 진운에게 레이나가 한 가지 아이디어를 냈다.

—진운.

"응?"

—진운의 신분을 바꾸는 거 말이야. 그거 의외로 쉽게 해결될 수 있을지도 몰라.

"응?"

—바로 이걸 이용하면 쉽지 않겠어?

레이나가 진운이 보고 있는 박진수를 가리키자 진운은 갑자기 왜 박진수를 가리키는지 영문을 몰랐다.

—우리가 처리해야 할 녀석 말고, 바벨의 탑이 가진 정보력을 이용하자는 거지.

“아!!”

진운은 너무나 단순하게도 자신의 복수를 위한 것과 강해지기 위한 수단에 집중한 나머지 보는 시야가 좁아져 있었던 것이다.

활용하기에 따라 정보는 세상에서 가장 강력한 무기가 되기도 한다.

아직 복수가 끝나지 않았고, 국정원을 추적하는 것에 열을 올리다 보니 너무나 간단하게 해결할 수 있는 것을 놓치고 있었다는 것을 이제야 알게 된 진운은 웃으면서,

“레이나, 땡큐~”

―별말씀을~

진운이 감사의 인사를 하자 레이나는 능숙하게 장난치듯 받았다.

그리고 곧바로 진운은 오른손을 내밀면서,

“게티아!”

라고 외치자 방금까지 박진수라는 요원의 사진을 보여주던 화면이 사라지고는 검은색의 구체가 나타났다.

천천히 회전을 시작하는 구체는 시간이 지날수록 구체의 주변에 흰색의 띠가 모습을 드러냈고, 그 띠의 숫자가 하나씩 늘어날수록 회전은 빨라지고 있었다.

―찾았어?

사실 이것은 진운만 할 수 있는 것으로, 바벨의 탑에 제어에 관한 모든 권한을 가지고 있는 진운이 직접 탑을 이용해서 자신이 원하는 것을 찾는 과정이다.

검은 구체는 탑에 저장되어 있는 정보와 진운을 연결시켜주는 연결고리 역할을 했고, 구체의 회전이 빠를수록 정보를 찾는 횟수와 시간이 줄어들었다.

"생각보다 어렵네."

처음에는 그저 자신과 이름이 같고 나이가 비슷하며 키와 몸무게가 비슷하면서도 세상에 알려지지 않은 평범한 사람을 찾는 작업이라 쉽게 생각했던 진운이다.

하지만 몇 분 지나지 않아 그 조건이 얼마나 까다로운지 깨달았다.

사람 찾는 게 이렇게 힘든 일이 될 줄은 진운도 몰랐던 것이다.

국정원 요원의 행동을 파악하는 데는 겨우 구체의 흰색 선이 세 개만으로도 금방 찾았는데 지금 자신이 대신 사용할 신분을 가진 사람을 찾는 데 벌써 열 개가 넘는 흰색의 선이 구체에 나타났다.

흰색 선의 숫자만큼 검은 구체의 회전은 거의 태풍 수준으로 빠르고 회전하고 있는 중이다.

―열한 개… 째네.

레이나도 바벨의 탑의 힘을 빌리면 쉽게 해결될 걸로 예상했던 것이 의외로 힘들게 되자 걱정하기 시작했다.

아무리 진운이 바벨의 탑에 관한 모든 권한을 가지고 있다고 해도 아직 익숙하지 않아서 찾지 못하는 정보도 있었다.

대표적으로 몇 번 시도는 했지만 실패한 것이 바로 레이나가 돌아가야 할 대륙의 차원의 문을 여는 방법이었다.

진운은 자신의 일에 레이나를 끌어들이는 게 미안해서 이룸을 발견하고서 사용법을 알게 되자 곧바로 레이나가 살고 있던 대륙으로 돌아가는 차원의 문을 여는 방법을 검색했다.

하지만 너무나 방대한 양이고 특별하다 할 키워드도 없는 탓인지, 아니면 검색을 하는 진운이 전혀 모르는 곳이라 그런지 몇 번이나 도전했지만 실패했다.

그리고 실패한 후유증으로 진운은 며칠을 앓아누워야 했다.

그때서야 진운과 레이나 둘 다 바벨의 탑을 이용하는 것은 그만큼의 체력이 필요하다는 사실을 알게 되었다.

진운의 복수야 이미 3년 동안 탑에서 천천히 준비했기에 미리 진운이 승인을 해둔 것으로 인해 레이나도 사용할 수 있지만, 방금 레이나의 아이디어로 사람을 찾는 것은 진운이 직접 해야 했다.

—열두 개째.

"한국을 벗어나서 지구 전체를 놓고 찾아야겠어."

웃기게도 진운이 원하는 사람이 한국에 없었다. 빠르게 검색하기 위해서 진운이 무리한 것도 있지만, 막상 찾던 사람이 없으니 어쩔 수 없이 지구 전체를 뒤지는 수밖에 없었다.

그리고 그 결과 무려 열세 개째 흰색의 띠가 구체를 휘감고 나서야 찾을 수 있었다.

휘리리릭~

진운이 들고 있던 오른손을 내리자 곧바로 검은 구체를 휘감고 있던 흰색 띠는 사라져 버렸다.

회전하던 구체도 멈추었다.

그리고는 구체가 사라지더니 조금 전과 같이 허공에 홀로 그램처럼 화면이 떠올랐다.

"이름 정진운, 현재 호주에서 유학생으로 있고, 나이는 스물네 살이야. 군대는 고등학교를 졸업하자마자 다녀왔고, 키와 몸무게가 나와 거의 비슷해. 하지만……."

기껏 찾긴 했는데 얼굴이 전혀 닮지가 않은 것이 문제였다.

여자들의 발걸음을 멈추게 할 만큼의 외모를 가진 진운과 달리 힘들게 찾은 녀석은 평범함보다 못한, 냉정하게 말해서 못생긴 축에 속했다.

"그래도 가장 중요한 건… 고아라는 거야."

진운은 구체가 세계를 검색하는 작업을 하는 도중 급히 한 가지 더 단서를 입력했다.

바로 고아라는 것.

사실 이미 처음 구체가 회전할 때 한국에 있는 정진운이라는 이름을 가진 청년을 여러 명 찾았다.

하지만 그들은 모두 가족이나 형제가 있었다.

자신이 대신 살아가려면 무엇보다 주위에 거치적거리는 게 없어야 했다. 그러다 보니 자연스럽게 자신과 같은 고아를 찾게 된 것이다.

덕분에 이렇게까지 시간을 잡아먹었지만 원하던 정보는 찾을 수 있었다.

─진운, 저건 뭐야?

"응?"

너무 다른 얼굴에 어떻게 해야 하나 잠시 고민하던 진운과 달리 레이나는 아까부터 진운이 찾은 남자의 사진 위에 붉은색의 빛이 천천히 깜빡거리는 것을 보고는 물었다.

"저건 뭐지?"

진운도 그제야 그걸 봤는지 다시 오른손을 뻗어서,

"게티아!"

바벨의 탑에 관련된 만능 주문인 게티아를 외치자 곧바로 붉은색의 점이 크게 확대되더니 레이나는 읽을 수 없는 글자로 설명이 나왔다.

이 글자는 솔로몬 왕이 적은 마법적 언어였고, 이 언어를 읽을 수 있는 존재는 게티아를 가진 진운이 유일했다.

　게티아는 바벨의 탑의 모든 것을 관리하는 열쇠인 동시에 솔로몬 왕이 남긴 모든 것을 읽을 수 있는 통역기이기도 했던 것이다.

　"……."

　레이나 덕분에 발견한 새로운 것에 대한 설명을 읽던 진운은 제법 놀란 얼굴이 되었다.

　─왜 그러는 거야?

　"이거 믿어야 할지… 말아야 할지."

　─왜 그래?

　진운이 읽고 난 뒤 놀란 표정이자 레이나가 물었다.

　진운은 뭐라고 말해야 할지 모르겠다는 복잡한 표정을 짓고 있다가 그녀를 돌아보았다.

　"한 시간 뒤에 저 사람 죽는다고 나오는데?"

　─죽어?

　"응. 방금 59분 뒤로 바뀌었어."

　─설마…….

　읽은 진운도 사실 믿어지지 않았지만 그 말을 들은 레이나도 전혀 논리적이지 않은 말에 손사래를 쳤다.

　하지만 지금 이 순간에도 화면에는 시간이 줄어들고 있는 중이다.

“……”

지금까지와 전혀 다른 정보를 보여주는 화면에 진운은 잠시 생각하더니 자리에서 벌떡 일어섰다.

휘리릭!

진운이 화면에서 멀어지자 자동으로 진운이 보기 편한 쪽으로 화면이 바뀌었다.

“레이나, 가서 확인해 보자.”

ㅡ진운은 그걸 믿어?

사람이 앞으로 죽을 시간을 알려주는 것에 레이나마저도 의심하고 있었다.

하지만 이렇게 앉아서 의심만 할 시간에 차라리 직접 가서 확인해 보는 것이 좋겠다고 진운은 생각했다.

오히려 대상이 죽어준다면 진운에게는 그것보다 좋은 일이 없다.

ㅡ좋아.

결국 레이나도 그 뜻에 동참했다.

“레이나, 좌표 계산 부탁해!”

진운은 곧바로 공간이동 준비를 위해 마나를 끌어 모으기 시작했다.

그사이 레이나는 화면에 보이는 지도를 보고 좌표를 계산하더니 곧장 알아냈다.

"나가자."

탑 안에서는 공간이동이 불가능했다.

정확한 이유는 모르지만 바벨의 탑 자체가 차원 마법으로 만들어진 하나의 거대한 게이트 같은 역할을 해서 게이트 안에서 같은 차원 마법 계열인 공간이동이 되지 않는 것 같다고 레이나가 일전에 추측한 적이 있었다.

그 때문에 공간이동을 위해서는 굳이 바벨의 탑에서 나와야 하는 귀찮음이 있었다.

쩍거거걱!!

허공이 부서지면서 검은 공간에서 진운과 레이나가 튀어나왔다.

"이런, 또 설악산이야?"

아직 진운이 미숙한 탓인지 탑에서 나오면 무조건 설악산으로 나오는 것이다.

하지만 그런 것은 상관없다는 듯 지운은 곧바로 레이나의 손을 잡았다.

"간다!"

스팟!

차원의 문이 사라지는 것과 동시에 진운과 레이나도 사라져 버렸다.

Chapter
08
예언?

스팟~

허공에서 마치 주머니를 열고 튀어나오듯 진운과 레이나가 가볍게 뛰어내려 도착한 곳은 호주 퀸즐랜드의 주도인 브리즈번이었다.

전형적인 영국풍의 모습이 많이 남아 있는 것이 인상적인 곳으로, 따뜻한 기후와 함께 황금빛 골드코스트로 유명한 호주 휴양지 쪽의 관문으로도 유명한 곳이다.

대학이 많아서 대학의 도시로도 불리고 문화의 도시로도 불리지만, 무엇보다 국제공항이 있어서 유학생과 호주의 대학생이 가장 많은 곳이다.

"아, 요트 진짜 많네."

무엇보다 가장 진운의 시선을 사로잡은 것은 바닷가 쪽의 항구에 끝이 보이지 않을 만큼 길게 정박해 있는 요트의 숫자였다.

한국에서는 요트라는 것이 쉽게 보지 못하는 것이다 보니 이렇게 많은 요트를 본 진운은 감탄이 절로 나왔다.

―진운, 한눈은 그만 팔고 정진운을 찾아야지.

"아, 미안."

레이나가 잠깐 아름다운 경관에 한눈파는 진운에게 한마디 하자 진운은 곧바로 게티아를 끼고 있는 오른손을 들어 마나를 활성화시켰다.

웅~

그러자 진운의 손 위로 선명한 구체가 하나 떠오르더니 조금 전 바벨의 탑에서 봤던 지도와 다르게 입체적인 건물의 그림까지 나와 있는 선명한 모습으로 바뀌어 있다.

거리가 가까워진 만큼 지도의 정확도도 높아진 것이다.

그리고 그걸 진운은 게티아를 이용해서 바벨의 탑과 링크를 한 다음 자신의 오른손에 불러낸 것이다.

"가까워."

진운은 지도를 확인하자마자 곧바로 레이나와 함께 움직

였다.

지도가 워낙 정확한 탓인지 움직인 지 불과 10분 만에 진운이 찾고 있던 다른 정진운을 찾을 수가 있었다.

항구에서 조금 떨어진 곳에 작은 카누를 타고 혼자 낚싯대를 드리우고 조용히 앉아 있는 모습이다.

―20분 남았어.

너무나 평화로워 보이는 모습과 달리 지금도 진운의 오른손에 나타난 지도에는 또 다른 정진운이 죽기까지 남은 시간이 계속 흘러가는 중이다.

하지만 진운이 보기에는 전혀 죽을 위험이 없어 보였다.

구명조끼도 입고 있고 항구에서 그리 멀지도 않은 곳이다.

웬만큼 물에 빠져도 소리만 지르면 10분 내로 누군가가 달려올 수 있는 거리였던 것이다.

―10분.

서울처럼 스모그가 없는 호주에서는 굳이 마나를 쓸데없이 허비하지 않아도 되었기에 레이나는 공기 정화 마법을 해제하고 있었다.

덕분에 자유자재로 플라이 마법을 사용해 허공으로 날아올라 있었다.

정진운의 바로 위 상공에서 레이나와 함께 내려다보고 있는 진운은 뭔가 일이 일어날 조짐도 보이지 않자, 자신이 언어 해석을 잘못 한 게 아닌지 의심했다.

그런데 그때,

—진운, 갑자기 시간이 줄었어. 5초 남았어.

10분을 알리던 표시가 갑자기 확 줄어버리더니 5초로 바뀌어 버렸다.

—4… 3… 2… 1… 0.

콰자작!!

놀랍게도 레이나가 0을 말하는 순간 바다 속에서 커다란 상어의 입이 튀어나와 카누를 타고 한가롭게 낚시를 하던 또 다른 정진운을 그대로 물고는 물속으로 사라져 버렸다.

"황당하네."

—저건… 뭐길래…….

레이나도 상어는 처음 보는지 많이 당황스러워했다.

정진운이라는 이름을 가진 청년은 그렇게 아무도 모르게 세상에서 사라져 버렸다.

호주 브리즈번의 바다 위에서, 상어에게 물려서 말이다.

나중에 알았지만 세계에서 식인상어의 공격이 가장 빈번한 곳이 바로 호주였다.

특히나 호주에는 황소상어라고 해서 민물에서도 살 수 있는 특이한 상어가 살기로 유명했다.

매년 수십 명이 상어 때문에 죽는다는 것이 일반적일 만큼 호주는 상어 피해가 가장 많은 곳이었다.

하지만 그 사실을 진운과 레이나가 알게 된 것은 조금 뒤였다.

어쨌든 갑작스런 상황에 놀라서 멍하니 허공에서 쳐다보고만 있던 진운의 눈에 물위를 떠다니는 작은 가방 하나가 보였다.

"저건 그 녀석이 허리에 차고 있던 건데?"

눈에 익은 가방을 발견하자마자 진운이 레이나에게 건져 달라 부탁했다. 레이나는 간단한 염력 마법으로 물위에서 가방을 건져 올렸다.

아직도 상어가 있을지도 모르기에 조심한 것이다.

그렇게 가방을 건진 진운은 혹시 몰라 정진운이 떠오르길 기다렸다.

하지만 그가 타고 있던 카누마저도 상어의 입에 찢어져 가라앉은 상황이라 다른 흔적을 찾을 수가 없자 포기하고 이동했다.

그들은 처음 모습을 드러낸 브리즈번 도시가 내려다보이는 커다란 건물의 옥상에 나타났다.

"여권이랑… 다 들어 있네."

학생증부터 시작해서 조금 전 상어의 뱃속으로 사라져 버린 또 다른 정진운의 신분을 증명하는 모든 것이 작은 가방에 들어 있었던 것이다.

　조금만 시간이 지났어도 작은 가방은 물속으로 사라져 진운이 찾지 못했으리라.

　─진운, 이제 어떻게 할 거야?

　진운이 원하는 신분은 얻자 레이나는 이후의 계획이 궁금해졌다.

　"죽은 사람에게는 미안하지만 어차피 죽을 운명이었으니까… 내가 잘 써줘야겠지?"

　─그거야 당연하잖아. 그러기 위해서 이곳까지 왔으니까.

　"레이나, 내 얼굴 며칠만 다른 사람으로 변화시킬 수 있어?"

　─음…….

　진운의 요구에 잠시 생각하던 레이나는,

　─몸 전체라면 힘들긴 하지만 얼굴뿐이라면 며칠 정도 다른 사람처럼 보이게 할 수는 있어.

　"그럼 당장 이 얼굴로 부탁해."

　그러면서 진운이 레이나에게 보여준 것은 방금 죽은 또 다른 정진운의 여권에 붙어 있는 사진이었다.

　그제야 진운의 생각을 파악한 레이나는 씨익 웃더니,

　─또 다른 정진운의 얼굴로 한국으로 귀국하려는 거야?

　"맞아. 확실하게 서류가 남아 있어야 해. 그래야 국정원의 눈길을 피할 수 있거든.”

―알았어.

레이나는 진운의 의도를 알아채고는 곧바로 마법을 시전
했다.

양 손바닥에 마법진을 만들고는 왼손을 먼저 들어 진운의
얼굴로 향했다.

―미러 이미지(Mirror Image).

마법을 사용해서 진운의 얼굴을 하나의 거울로 만들어 버
리더니 그게 끝이 아닌 듯 레이나의 왼 손가락이 움직이기 시
작했다.

그리고 레이나의 손가락이 움직일 때마다 원형의 미러 이
미지 마법이 움푹 들어가기도 하고 튀어나오기도 하는 변화
가 생겼다.

불과 몇 분 만에 레이나는 진운의 얼굴 위에 투명한 또 다
른 얼굴 모형을 만들어 버렸다.

―그리고 이번에는…….

남은 오른손의 손바닥을 미리 이미지로 감싸고 있는 진운
의 얼굴을 향해 뻗고는,

―이미지 체인지(Image Change).

라고 말하자 투명하던 미러 이미지 마법에 조금씩 사람의
얼굴이 생겨났다.

그리고는 마법 몇 번 사용한 것만으로 진운의 얼굴은 방금 전에 죽은 또 다른 정진운의 얼굴로 변해 버렸다.

마법이 끝나자 진운은 레이나가 만든 마법의 거울로 자신의 얼굴을 보고는 놀라워했다.

"대단한데, 이거."

누가 봐도 감쪽같이 얼굴이 변한 것이다.

거기다 마법적으로 모양까지 만들었기에 만져도 촉감이 생생하게 느껴졌다.

—마법 지속 시간은 3일이야. 그러니까 그 안에 한국으로 진운이 정상적인 절차를 밟아서 돌아와야 해.

"알았어. 우선 유학생이니 다니던 학교에 자퇴서를 내고 귀국해야겠어."

—그럼 잠시 호주에서 움직여야 되겠네?

레이나도 호주가 나름 마음에 든 듯 잠깐이지만 진운과 함께 움직이기로 했다. 서울에 비해서 이곳 호주는 자연이 있는 그대로의 상태로 많이 남아 있어서 레이나가 괴로워하던 공기가 아니었다.

곧바로 진운이 정진운이 다니던 학교로 가서는 자퇴서를 내밀자 학교 측에서는 당황하는 듯했다.

알고 보니 죽은 정진운의 학교 성적이 나름 괜찮은 편이었던 것이다.

거기다 졸업을 겨우 1년 앞두고 있는 상황에 자퇴서를 내밀자 그들은 진운을 달래기도 했다.

이런 사태는 진운도 예상하지 못했다.

진운은 성형수술을 하기 위해서 급하게 귀국한다고 해버렸다.

뜻하지 않게 대충 둘러댄 것이지만 막상 그렇게 말을 한 진운은,

'돌아가면 아저씨에게 부탁해서 쉽게 처리할 수 있겠다.'

그런 생각이 들었다.

때마침 최미영이 유명한 성형외과 원장이다.

아무튼 급하게 지어낸 핑계에 나름 만족한 진운은 자신의 못생긴 얼굴 때문에 오늘 자존심에 상처를 입는 일이 생겨서 더 이상 이렇게는 살지 못하겠다는 말을 했다.

무조건 자퇴를 하겠다는 진운의 입장이 워낙 확고하여, 결국 학교 측에서도 자퇴서를 받아들이기로 했다.

하지만 공항에서 출국하는 장면을 학교 측에서 확인해야 된다는 조건이 붙었다.

본래는 자퇴서를 내고 레이나와 호주 거리를 걸으면서 구경을 하다가 돌아갈 생각이었는데 당장 공항으로 데려다 주겠다고 하는 통에 별수 없이 곧장 공항으로 가야만 했다.

중간에 잠깐 레이나에게는 비행기 안에서 만나기로 하고 떨어져 있기로 했다.

레이나는 마법으로 사람들에게 최면 비슷한 효과를 걸어서 타기로 했다.

못생겨서 성형수술 하러 간다는 녀석이 눈이 돌아갈 만큼 아름다운 미녀와 함께 귀국한다는 것을 학교 측에서 이해할 리가 없으니 어쩔 수 없는 선택이었다.

"안타깝네요. 성적이 좋은 학생이었는데……. 수술 후 나중에 다시 맘이 생기면 돌아와요. 우리 학교는 언제나 정진운 학생을 환영합니다."

학교 측에서도 내심 아까운 듯 미련을 보였지만 진운은 대충 인사하고는 그대로 비행기에 올랐다.

좌석에 앉아서야 안도의 한숨을 내쉴 수 있었다.

―어떻게 됐어?

옆자리에 앉은 레이나가 물어왔다. 너무나 어울리지 않는 두 사람의 외모에 비행기 내 승객들의 시선이 쏠렸지만, 두 사람은 언제나 그렇듯 전혀 상관하지 않았다.

"이렇게 귀찮을 줄은 몰랐어. 다시 돌아오라고는 하는데, 그럴 수는 없지."

진운은 어깨를 으쓱하면서 좌석에 몸을 묻었다.

그리고는 11시간 동안 비행기 안에서 거의 잠만 잤다.

“아, 진짜 다시는 비행기 안 탄다.”

답답하게 한곳에 앉아서 11시간 동안 날아오는 경험은 진운에게는 다시는 하고 싶지 않은 경험이었다.

공간이동 마법으로 얼마든지 원하는 곳으로 이동이 가능한 진운에게 비행기는 한마디로 쓸데없는 일 중 하나일 뿐이다.

진운은 일부러 공항 카메라가 많은 곳으로 당당하게 걸어서 나왔고, 레이나는 정식 입구가 아닌 다른 곳으로 날아서 빠져나왔다.

그가 공항에서 나와 가장 먼저 한 일이 얼굴에 걸린 마법을 풀어버리는 것이었다.

처음에는 참 괜찮은 마법이라고 생각했는데 아무래도 얼굴에 무언가 다른 것이 덧붙어 있는 느낌은 시간이 갈수록 불편했다.

“이제 집으로 돌아가자.”

뭔가 원하는 것을 이뤘다는 뿌듯한 마음에 기분 좋게 집으로 돌아가려다가 갑자기 진운의 발길이 멈췄다.

“아차.”

소지훈에게 연락하지 않고서 호주에서 여기까지 11시간 동안 비행기를 타고 왔으니 결과적으로 진운과 레이나는 외박을 한 셈이다.

"한소리 듣겠네."

입으로는 소지훈의 잔소리가 내심 싫은 듯했지만 얼굴 표
정은 그와 반대였다.

*　　　*　　　*

진운이 아무런 연락도 없이 11시간이나 넘게 잠수를 타버
리는 동안, 소지훈의 심장은 타들어가고 있었다.

진운에게는 단순히 볼일을 보고 온 것이지만, 소지훈은 그
동안 진운이 혹시 잡혀가거나 사고를 당한 게 아닌지 불안해
하는 시간이었다.

"미안해요."

진운도 자신이 생각이 짧았다는 것을 깨닫고 진심으로 용
서를 빌고서야 겨우 소지훈의 화를 풀 수 있었다.

그나마 대부분은 최미영이 옆에서 은근히 진운의 편을 들
어줘서 빨리 풀린 것이다.

하지만 완전히 풀린 것은 아닌지 소지훈은 도대체 무엇 때
문에 갑자기 잠수를 탔는지 캐물었다.

그제야 진운은 또 다른 정진운의 여권을 내밀었다.

"이건?"

"제가 사용할 신분이에요."

“뭐?”

소지훈이야 이미 진운과 이야기가 되었기에 괜찮았지만 최미영은 진운이 꺼내 든 여권을 살피고는 고개를 갸웃거렸다.

이름과 나이가 진운과 똑같았다.

호주 유학 중에 돌아온 것으로 되어 있는 증명 서류까지 있다.

사실 진운이 이런 것을 쉽게 구했다는 게 소지훈으로서는 이해가 가지 않아 집요하게 캐물었다.

진운은 시종일관 웃으면서 자신이 그동안 준비했던 것이라고 대충 얼버무렸다.

다만 절대로 불법적이거나 누군가에게 해를 끼치고 빼앗은 것이 아님을 몇 번이나 강조하는 피곤함이 있었지만 어쩔 수 없었다.

바벨의 탑에 대해서 이야기할 수도 없고, 미리 그 사람이 죽을 것을 알고 가서 기다렸다고 한들 믿어주지도 않을 테니 말이다.

“흠…….”

거의 한참 동안 의심의 눈길을 거두지 않았던 소지훈이지만 흔들림 없는 진운의 눈동자와 시종일관 당당한 모습에 못 이기는 척 억지로 믿어주기로 했다.

"아저씨, 저를 그렇게 모르세요? 정 의심스러우시면 이 서류를 가지고 확인해 보세요. 자세한 건 제가 설명할 수 없는 사정이 있지만, 결코 아저씨가 의심하는 그런 건 아니에요."

"흐음, 알았다. 그럼 내가 알아보마."

그래도 혹시나 모르기에 소지훈은 출근하자마자 알아보기로 마음먹고 여권과 여러 가지 증명서를 챙기기 시작했다.

반면 최미영은 그런 둘을 보면서 고개를 몇 번 갸웃거리더니,

"잠깐만. 두 사람 다… 움직이지 말고 이곳에 앉아봐요."

그녀만이 이 이야기 진행을 따라가지 못하고 있었다.

그것은 진운도 예상한 바였다.

애초에 진운은 최미영도 알아야 되는 부분이기에 일부러 같이 있는 곳에서 여권을 꺼낸 것이다.

그에 반해 소지훈은 처음 여권을 꺼내고 이야기를 할 때 불법적으로 구한 게 아닌지 하는 걱정과 잠수에 대한 화 때문에 순간 최미영이 옆에 있다는 것을 잊고 있었다.

"이런."

소지훈은 짧은 한숨을 내쉬는 것과 달리 진운은 오히려 웃으면서 천천히 설명을 시작했다.

　도움을 받으려면 거짓이 있어서는 안 된다는 레이나의 사고방식이 같이 지낸 진운에게도 영향을 끼쳤는지 진운은 소지훈이 알고 있는 정도까지만 최미영한테 털어놓았다.

　“…….”

　한참 동안 진운의 이야기를 듣던 최미영은 소지훈을 돌아보면서 맞는지 확인을 원하는 듯 쳐다보자,

　끄덕.

　소지훈은 별수 없이 고개를 끄덕였다.

　“말도 안 돼. 그런 영화 같은 일이…….”

　영화에서나 벌어질 법한 스토리였기에 최미영은 쉽게 믿을 수 없다는 눈치였지만 소지훈이 맞다고 한 이상 거짓은 아니었다.

　거기다 최미영은 여자의 직감으로 지금 진운이 거짓을 말하고 있지 않다는 것을 내심 느끼고 있었다.

　다만 너무 황당한 이야기라서 바로 납득이 되지 않고 있을 뿐이다.

　“그럼… 내가 뭘 도와줬으면 하는 거지?”

　최미영은 처음에 진운의 이야기를 듣고 납득하는 데 약간의 시간이 걸리긴 했지만 납득한 순간 진운의 의도를 눈치챘다.

　사실 이건 굳이 최미영에게 알려줄 필요가 없는 일이었다.

하지만 대놓고 진운이 알려준 것을 보면 분명히 뭔가 자신의 도움이 필요했기에 이렇게 사실대로 털어놓는다고 생각한 것이다.

이것만 봐도 결코 최미영은 평범한 여자가 아니긴 했다.

비록 집안의 반대에도 불구하고 50대 남편과 결혼하긴 했지만 말이다.

집안에서 보기에 최미영은 사랑에 미친 바보가 되어버렸지만 결코 그건 아니었다.

진운은 최미영이 단번에 자신의 의도를 알아채자 똑바로 쳐다보면서,

"제가 누… 나 병원에서 성형수술해서 이렇게 얼굴이 바뀐 것처럼 해주시면 되요."

"그 말은… 가짜 서류를 만들어 달라는 말이네?"

"네."

"후후훗, 보기보다 참 대담하다."

진운의 계획을 듣고 최미영은 오히려 웃었다.

일반적으로 사람들이 생각하는 것 이상으로 치밀하면서도 뒤탈이 가장 적은 방법으로 신분을 바꾸는 것이기 때문이다.

거기다 법적으로는 소지훈이 해결해 줄 것이고, 성형수술은 최미영 자신이 해결해 줄 수 있는 것만 봐도 미리 계획을 짰다고 하기에도 너무나 딱 들어맞는 상황에 잠시 헛웃음이

나온 최미영은,

"좋아~"

"고마워요!"

생각보다는 쉽게 허락해 주었다.

하지만,

"단!"

"……?"

"더듬지 말고 한 번에 불러봐. 누나~ 라고."

"아직 그게 제가 익숙지 않아서… 그러는 건데……."

장난치듯 진운의 조건을 들어주면서 끝까지 진운에게서 누나라는 말을 듣고 싶어하는 최미영의 고집에 소지훈이 끼어들려고 했다.

찌릿!

"오빠는 나중에 나랑 잠시 따로 이야기 좀 해요."

무섭게 도끼눈을 뜨고 한마디 하자 입을 다물어 버린 소지훈이다.

"……."

"처음이 어려운 거야. 누나~ 해봐. 누나~"

마치 어린애한테 교육시키듯 말하는 모습에 진운은 난감했지만, 어쩌면 형제는커녕 일가친척 하나 없이 자란 자신의 환경 때문에 누나라는 말이 이처럼 어색할지도 모른다는 생

각과 최미영의 말처럼 처음이 어렵지 한번 입이 트이면 쉬울
지도 모른다는 생각이 들었다.

"……."

고개를 들고 최미영을 똑바로 바라본 진운은,

"누나."

"그래, 그거야!!"

와락!!

진운이 똑바른 발음으로 누나라고 부르자 그게 그렇게나
좋았는지 최미영은 그대로 진운의 머리를 자신의 품으로 끌
어안았다.

"잠시만요, 누나. 저 앞이 안 보여……."

"으이구, 이 귀여운 것. 그러게 그냥 누나라고 하면 얼마나
좋아."

조금은 푼수 같은 모습도 있는 최미영이지만 방금 최미영
의 행동으로 진운은 왠지 가슴이 따듯해지는 느낌이다.

마치 정말 친누나를 만난 것처럼 말이다.

잠깐 이성을 잃은 최미영의 행동은 소지훈의 제지로 곧 정
상으로 돌아왔지만, 장난처럼 한 최미영과 달리 진운에게는
불과 만난 지 몇 번 되지도 않는 최미영이 마치 친누나처럼
느껴지게 되는 결정적인 계기가 되었다.

'그냥… 처음이 어려웠어. 처음부터… 누나라고 했으면 아

무엇도 아닌 것을… 참 나도 바보 같았구나. 왜 쓸데없는 것
에 어려워한 건지. 처음부터 나에게 원한 것은 아무것도 없는
사람이었는데.'

쩌걱.

'……?'

진운은 방금 전에 있었던 최미영의 행동으로 자신이 느낀
것을 되돌아보면서 애초에 선입관을 가지고 대한 것은 최미
영이 아니라 바로 자신이었다는 것에 후회를 하는 도중, 갑자
기 무언가 깨어지는 느낌이 들었다.

─진운!

레이나도 진운의 몸에 마나가 이상하게 흔들리는 것을 느
꼈는지 진운을 불렀지만 한발 늦었다.

진운은 이미 눈을 감은 채 무아지경에 빠져버린 뒤였다.

─이런, 하필 이럴 때 깨달음이…….

깨달음이란 때와 장소를 가리지 않는다고 레이나 본인도
알고 있었지만 지금 이 상황은 레이나가 봐도 정말 아니었다.

거기다 진운의 능력을 모르는 소지훈과 최미영까지 함께
있으니 말이다.

그리고 무엇보다 깨달음으로 인해 주변의 마나가 흔들리
는 진동이 점점 더 강해지고 있는 것을 느낀 레이나는 할 수
없이,

—제 말 잘 들으세요. 지금부터 진운을 절대로 건드리지 마세요.

"응? 그게 무슨…… 헛!!"

소지훈은 레이나가 갑자기 당황하기에 무슨 이야긴지 물어보려 했다.

그 순간, 진운의 몸에서 빛이 뿜어져 나왔다.

"앗!!"

"어머!!"

—벌써 시작된 건가?

아주 짧은 순간이지만 진운의 몸에서 뿜어져 나온 빛은 소지훈과 최미영의 몸으로도 일부분 스며들었다.

하지만 본인들은 갑자기 환한 빛에 눈을 감아버려서 그걸 모르고 있었다.

한편 어쩔 수 없이 진운의 곁에서 호법을 서게 된 레이나는 설마 '누나' 라는 말을 하면서 깨달음을 얻을 줄은 정말 예상도 못했기에 도대체 진운이 무엇에서 깨달음을 얻었는지 궁금해 당장에라도 물어보고 싶은 심정이었다.

물론 깨달음이라는 것이 말로 설명한다고 되는 것도 아니고, 듣는다고 자신도 깨달음을 얻을 수 있는 것은 아니다.

하지만 최소한의 실마리는 얻을 수 있다.

그리고 무엇보다 레이나는 자신도 모르게,

─언니… 언니… 언니…….

라는 말을 반복적으로 하고 있었다.

찌걱~

드디어 주변의 흔들리는 마나가 진운의 몸으로 빨려들기 시작하자 진운의 네 번째 마나의 적응이 시작되었다.

피부가 벗겨지고 근육이 찢어졌다가 다시 재생되는 과정은 저번과 같았지만 이번에는 진운의 몸으로 빨려들어 간 마나들이 진운의 몸 구석구석으로 퍼지면서 마치 동화되어 가는 듯 하나가 되어가고 있는 것이 달랐다.

"저건 도대체……!"

사람의 피부가 저절로 벗겨지고 근육이 찢어졌다가 다시 재생되는 모습을 직접 목격하게 된 소지훈과 최미영은 입을 벌린 채 멍하니 쳐다보기만 했다.

사실 몸이 마나의 적응을 하는 과정을 일반 사람이 보는 경우는 대륙에서도 극히 드물었는데 이곳 지구에서는 아마 소지훈과 최미영이 처음일 것이다.

앞으로 진운이 또 다른 깨달음을 얻을 수 있을지는 모르지만 처음이자 마지막일 수도 있었다.

그리고 이럴 때 진운의 몸을 중심으로 모여든 마나는 알게 모르게 주변의 사람에게도 영향을 끼친다.

마나가 워낙에 생명의 기본이 되는 것이다 보니 대부분 좋은 쪽으로 영향을 끼쳤다.

　털썩.

　짧다면 짧고 길다면 긴 마나의 적응 과정이 끝나자 진운의 몸은 완전히 알몸이 되어 있었고, 레이나는 능숙하게 그런 진운을 안아 들고는 자신들이 머물던 방에 눕히고 나왔다.

Chapter 09
돌발 깨달음

"……"

"……"

　레이나가 다시 방을 나올 때까지 놀란 입을 다물지 못하고 있는 소지훈과 최미영은 굳어버린 표정 그대로 목만 움직여서 레이나를 바라봤다.

　뭔가 설명을 바라 간절한 눈빛으로 말이다.

　―별수 없네요.

　두 눈으로 직접 본 것을 둘러댈 수도 없는 상황이라 어쩔 수 없이 레이나는 지금 진운의 상태를 최대한 소지훈과 최미영이 이해하기 쉽게 풀어서 설명하기 시작했다.

그러다 보니 전에 진운에게 들었던 무협지의 내용을 인용할 수밖에 없었다.

보통은 그런 말을 들으면 조금이라도 의심하게 마련이지만 소지훈과 최미영은 놀란 것보다 레이나의 설명에 더욱 믿음이 가고 있었다.

논리적으로 앞뒤가 딱 들어맞도록 말하는 것을 듣고 있노라면 팥으로 메주를 쑨다고 해도 그게 진실로 들릴 만큼 논리정연했다.

결국 이성적으로는 어느 정도 납득한 소지훈과 최미영이었다.

"그러니까… 진운이 복수를 위해서… 그 뭐냐, 숨겨진 힘, 그러니까 무공을 배웠다는 말이지?"

—네. 거의 비슷해요.

사실 아주 틀린 말은 아니었다.

물론 바벨의 탑에 대해서는 발설할 수 없음을 그녀도 충분히 알고 있다. 그래서 최대한 머리를 굴리다가 진운에게 들은 무협지라는 것을 떠올렸다.

그 과정에서 레이나 특유의 논리적 화법까지 가미되자 고등교육을 받은 소지훈과 최미영마저도 그 이야기에 빠져버렸다.

보통 사이비교에 빠지는 사람들이 머리가 나쁘고 바보 같은 사람이라고 생각하지만, 의외로 고등교육을 받은 전문 지식인이 많다는 것을 아는 사람은 많지 않을 것이다.

그만큼 논리정연한 화법은 상대에게 거짓말도 진실로 받아들이게 만드는 힘이 있었다.

특히나 인간은 심리적인 영향을 많이 받기 때문에 지금처럼 진운의 놀라운 모습을 보고 난 뒤에 레이나에게 들은 말은 세상의 진리나 다름없이 그들에게 받아들여진 것이다.

이걸 보면 레이나가 교주가 되어도 아마 시시한 사이비 종교보다는 뛰어난 능력을 발휘할지도 몰랐다.

"참……."

소지훈은 이성적으로는 거의 받아들였지만 역시나 곧바로 믿는 것은 아직 약간은 무리인지라 혼란이 오는 듯했다.

그런데 최미영은,

"그럼 진운은 맨손으로 차도 부숴 버리고 검으로 강철도 두부처럼 베어버리겠네?"

―그야 당연하죠.

오히려 부담스러울 정도로 단번에 믿어버렸다.

그 후로도 진운이 다시 깨어나기 전까지 최미영은 레이나에게 끝없이 질문을 했고, 레이나도 적정선 안에서는 웬만하면 다 대답해 주었다.

그런데 오히려 레이나가 최미영을 보면서,

—도대체 이걸 어떻게 한 번에 믿을 수 있지?

라고 스스로에게 물어보는 조금은 황당한 경험을 해야 했다.

최미영과 다르게 처음에는 제법 머릿속에 혼란이 있는 듯 조용히 있던 소지훈도 결국에는 최미영과 같이 레이나에게 질문을 퍼붓는 것은 마찬가지였다.

여기서 레이나는 부부는 일심동체라는 말이 괜히 생긴 게 아니라는 걸 깨달았다.

최미영과 소지훈이 묻는 것이 토시 하나 틀리지 않고 똑같았기 때문이다.

그리고 몇 시간 뒤에 깨어난 진운은,

"응? 왜들 그래요?"

자신이 무아지경에 빠져서 집안에 엄청난 충격을 몰고 왔다는 것을 전혀 자각하지 못했다.

옷도 레이나가 미리 갈아입혀 놓은 바람에 아예 모르고 있는 것이다.

약간의 부작용인지, 아니면 진운만 겪는 특징인지 모르지만 자신이 깨달음을 얻었다는 것을 전혀 자각하지 못했다.

레이나는 이번에도 저번과 같이 자신이 변했다는 것을 깨닫지 못하자 한숨을 쉬면서,

―이번에는 어디서 깨달음을 얻은 거야?

"응? 깨달음? 그게 무슨 소리야?"

―자세한 건 직접 들어.

그리고는 뒤로 빠졌고, 곧바로 출근도 하지 않고 기다린 최미영과 소지훈의 엄청난 질문 공세를 받아야 했다.

그렇게 거의 몇 시간을 시달리고 나서야 자신이 이들이 보는 앞에서 깨달음을 얻어서 또 한 단계 성장했다는 것을 알았다.

'어쩐지 뭔가 막혀 있는 것 같던 기분이 사라져서 이상하다 했는데.'

진운은 3년 동안 자신의 가슴 한곳을 답답하게 막고 있던 보이지 않던 벽이 사라졌다는 것을 뒤늦게 알게 되었다.

하지만 어찌 된 일인지 진운은 자신이 깨달음을 얻었다는 것을 전혀 기억하지 못했다.

그 때문에 레이나는 뭔가 실마리라도 얻어볼 요량이었는데 완전히 불가능하게 된 것이다.

기억한다고 해도 말로써 설명하는 게 극히 힘든데, 애초에 기억조차 못한다면 포기하는 게 빨랐다.

한편으로 한참을 시달린 진운은 의외로 약간은 다르지만 비슷한 것으로 알고 있는 소지훈과 최미영의 모습에 레이나를 바라보면서,

“고마워.”

─동료니까 당연해. 그보다… 한 가지 궁금한 것이 있는 데…….

“뭐?”

─어떻게 누나라고 한마디 하고는 깨달음을 얻을 수 있어?

“…….”

레이나의 말에 곰곰히 생각하던 진운은 역시나 고개를 흔들면서,

“모르겠는데? 전혀 기억이 나지 않아서 말이야.”

─역시… 그랬나.

레이나는 처음에도 그랬고 이번 두 번째도 기억은커녕 자각조차 없는 진운의 모습에 대륙의 마나의 적응과는 다른 점을 알게 되었다.

대륙에서는 마나의 적응으로 마스터에 올라도 자신이 깨달음을 얻었다는 것을 스스로 알고 있다.

그리고 그것을 기록으로 남기기도 한다.

많은 대륙의 검을 다루는 가문에서는 그 기록을 보고 마스터가 되기 위해서 노력하는 것이 일반적이다.

하지만 진운은 깨달음을 얻은 과정 자체를 기억하지 못한다.

물론 처음에는 레이나도 진운이 대륙의 인간이 아니기에

그럴지도 모른다고 생각했지만, 그렇게 생각하기에는 왠지 꺼림칙했다.

달랐다면 대륙의 호흡법으로 마나의 적응을 애초에 하지 못했어야 논리적으로 들어맞았으니 말이다.

그러다 보니 레이나는 한 가지 가설을 세우게 되었다.

진운이 처음에 얻은 깨달음이 영향을 미쳤을지도 모른다고 말이다.

더욱이 이번에는 바로 레이나 옆에서 누나라는 말 한마디 하고 나서 깨달음을 얻었으니, 바로 옆에 있던 레이나도 기가 찰 노릇이었다.

뜻하지 않게 큰일이 있긴 했지만 의외로 레이나 덕분에 구렁이 담 넘어가듯 슬그머니 진운이 성장한 것은 대충 넘어갔다.

소지훈은 일단 진운의 일에 대해서는 입을 다물기로 하고, 신분 세탁 문제부터 해결하고자 했다.

소지훈이 알아보니 정말 진운이 가져온 여권은 전혀 문제가 없었다.

호주에서 자퇴를 하고, 정식 절차를 거쳐 입국했다는 증명도 충분했다.

"설마 이것도… 진운이 녀석… 능력인가?"

　무슨 깨달음이 만능이라도 되는 듯 착각하는 소지훈이었지만 오히려 그런 착각 덕분에 법적으로의 문제는 너무나 깔끔하게 마무리되었다.

　이제 남은 것은 성형수술로 얼굴이 바뀐 것처럼 해서 새로운 신분증을 받는 것만 남았다. 물론 신분증을 만드는 데 가장 걸림돌이 될 지문이 있었지만 이것도 유학생이라는 것이 커다란 혜택으로 돌아왔다.

　정진운의 나이 때문에 귀국 후 신분증을 처음부터 새로 만들었기에 이때 진운의 본래 지문을 찍어도 공식적으로는 아무런 문제가 없도록 되어 있었기 때문이다.

　의외로 한국의 신분증 제도가 허점이 많은 편이었다.

　그런데 여기서 최미영이 또 엉뚱한 조건을 내걸어 버리는 바람에 지금 진운은 최미영이 운영하는 성형외과에 와 있었다.

　"어때? 그냥 성형 전 얼굴이랑 성형 후 얼굴을 찍어서 병원에서 광고 하려는 것뿐인데."

　즉, 최미영은 진운의 여권에 있는 얼굴을 성형 전 얼굴로 속이고 지금 진운의 얼굴을 성형 후 완성된 얼굴로 광고하겠다는 것이다.

　"누나, 그건 사기잖아요."

　이제는 너무나 편하게 최미영에게 누나라고 하는 진운이

었고, 뭔가 서로 비밀을 공유한다는 유대감 때문인지 만난 시간은 극히 짧았지만 몇 년은 같이 살아온 것처럼 서로 친해졌다.

하지만 지금 최미영의 요구하는 것이 진운은 내키지 않았기에 이렇게 입씨름하는 중이다.

"사기라니? 엄연히 진이 네가 원해서 하는 거잖아?"

어느새 진운의 '진' 자만 따서 애칭 비슷하게 부르기 시작한 최미영은 누가 봐도 친남매가 말다툼하는 정도로 보일 만큼 자연스러웠다.

"하지만… 너무 드러나는 것도 좋지 않아요."

진운은 여전히 국정원의 감시가 왠지 걸렸기에 가능하면 조용하게 처리하고 싶어했다.

하지만 오히려 최미영은 반대로 생각했다.

이런 것을 크게 떠벌릴수록 상대가 눈치채지 못할 가망성이 높다고 생각한 것이다.

"아니야. 반대로 대놓고 광고를 해야지 상대도 모르는 법이야. 등잔 밑이 어둡다는 말 몰라? 그리고 나무를 숨기려면 숲에 숨기라는 말도 있잖아? 설마 네 얼굴 가지고 대놓고 떠들리라고는 생각지 못할 거 아냐."

옛말까지 동원하면서 싫다고 거부하는 진운을 설득하는 최미영은 끝까지 진운이 내켜하지 않자,

“진아, 너 자꾸 그러면… 서류 안 만들어준다?”

“아, 누나! 진짜 치사하게 그러기에요?”

“흥~ 흥~ 치사하거나 말거나~”

도대체가 나이를 서른이나 먹어놓고, 어떻게 초등학생보다 더 치사하게 나오는지 진운은 이해가 가지 않았다.

결국 칼자루를 쥐고 있는 것은 최미영이기에 처음부터 이기지 못하는 싸움이었다.

“거봐. 이 누나 말을 듣고 처음부터 조용하게 따랐으면 얼마나 좋아.”

“누나, 이번 한 번이에요? 아시죠?”

“걱정 마. 내가 진이 사진으로 CF 찍을 것도 아닌데 괜한 걱정이야.”

탁탁탁.

진운의 어깨를 두드리면서 대충 달래는 최미영의 요구에 따라 결국 진운은 사기 사진을 찍어야만 했다.

세상에서 진운과 최미영, 그리고 소지훈과 레이나만 알고 있는 가장 비밀스런 성형 사기 사진을 말이다.

그 뒤로는 일사천리였다.

최미영이 직접 성형수술을 해줬다고 서류를 만들고 의료 기록까지 만들고는 순식간에 해치워 버렸다.

이런 점에서 보면 의사라는 게 참 대단해 보이긴 했다.

어차피 하지도 않은 수술을 했다고 서류만 꾸미는 것이기에 크게 어려울 게 없었던 것이다.

본래 있었던 일을 없는 것처럼 만드는 것이 어렵지, 반대로 없는 것을 있었던 것처럼 꾸미는 것은 의외로 쉬운 편이었다.

특히나 성형수술 같은 경우는 의료보험이 적용되지 않는 쪽이 많기에 미용을 위해서 수술했다고 수술 기록을 만들면 의사가 만든 수술 기록이 가장 확실한 증거이다.

그리고 대충 한 달 정도 기다린 후에 진운은 적당한 공공기관을 찾아가서는 당당하게 성형수술을 했다고 밝히고 새로운 신분증을 발급받을 수 있었다.

"와, 수술 진짜 잘됐다!"

"저 정도면 수술했더라도 사귈 수 있겠다."

"진짜 감쪽같다. 어떻게 티가 전혀 안 나지?"

"어디서 수술했는지 물어봐야겠다."

등등의 직원들의 말을 듣긴 했지만 생각보다 쉬웠다.

외국으로 유학을 가 있다가 들어오면 새로 만드는 절차를 그대로 밟는 것이기에 그냥 진운 본인 지문을 찍었지만 그 누구도 알아채지 못하고 있었다.

특히나 진운은 당당하게 성형수술로 너무 얼굴이 변해서 그런다고 하자 오히려 성형사실을 숨기거나 하지 않는 진운의 태도에 직원이 흥미를 드러냈다.

“저기……."

“네?"

“수술 어디서 하셨어요?"

“아……."

사실 성형수술한 얼굴로 신분증을 만드는 경우는 참 드물었다.

아예 없는 경우는 아니지만, 그중에서도 직원이 보기에 진운의 얼굴은 수준급이었다.

보통 성형수술을 하면 그것을 숨기기에 급급한데 오히려 당당하게 밝히는 것이 신기했는데, 완성도(?)을 보아하니 충분히 그럴 만했다.

때문에 직원은 내심 자신도 욕구를 가지고 물어본 것이다.

어느 병원에서 했는지만 알아내면 곧바로 달려갈 생각이었다.

“저기 백화점 옆에 있는 최미영 성형외과예요."

진운은 별 생각 없이 말해주었다.

그렇게 진운이 걸어 다니는 광고판 같은 역할을 해주었기에 한동안 입소문이 돌아서 최미형 성형외과는 대기 번호가 200번까지 가는 웃지못할 상황이 벌어진다.

거기다 최미영이 병원 입구에 대놓고 진운의 성형 전 얼굴과 성형 후 얼굴을 찍은 사진을 걸어놔서 찾아온 사람들에게 믿음을 주었다.

물론 한동안 진운은 최미영의 병원 근처도 가지 않았고 말이다.

신분증이 완전하게 만들어지자 소지훈은 스위스 차명 계좌로 옮겨두었던 진운의 본래 30억을 다시 돌려주었다.

모든 작업이 완료되어서 기뻐야 했는데 진운은 왠지 조금 씁쓸했다.

"이제 완전히 사라져 버렸구나."

나중에 어떻게 될지는 모르지만 한동안 진운은 정호식의 자식인 정진운이 아니라 이름 모를 고아원에서 버려져 자라온 정진운이 되어 살아야 했다.

특히나 정호식이 있는 납골당에 가는 것도 절대로 불가능한 일이 되어버렸다.

—복수가 끝나면 다시 원래대로 돌리면 돼.

과거의 자신을 버리고 새로운 신분으로 살아가는 게 결코 쉬운 결정이 아니었지만 선택의 여지가 없는 진운은 과감하게 복수를 위해 과거의 자신을 버렸다.

하지만 죽은 아버지마저 마음대로 찾아갈 수 없다는 것이 못내 가슴이 아팠다.

"그래, 알아. 그럼 이제 시작해야겠지?"

　살짝 미뤄지긴 했지만 본격적으로 국정원 녀석들을 족치
는 일이 남아 있었다.
　진운이 오손을 올려 손바닥을 위로 향하게 하고 마나를 활
성화시키자,
　위이잉~
　짧은 마나의 울림과 함께 진운의 손바닥 위로 둥근 모양의
지도가 나타났다.
　그리고 지도 속에는 붉은 점이 깜빡거렸다.
　“가까운데?”
　진운은 붉은 점을 보면서 잠시 생각에 잠겼다.
　무려 3년 동안 바벨의 탑을 이용해서 감시한 녀석이다.
　그리고 그동안 이 순간을 얼마나 기다렸는지 다른 사람은
절대로 모를 것이다.
　레이나를 제외하고는 말이다.
　“가자.”
　진운은 그대로 옥상에서 옥상으로 무려 20m가 넘는 거리
를 한 번의 도약으로 뛰어넘으면서 순식간에 박진수가 서 있
는 바로 위 철탑 꼭대기에 도착했다.
　위에서 내려다본 박진수는 주변을 정기적으로 살피면서
최대한 조심스럽게 움직이는 모습이었다.
　“정보대로네.”

진운은 지금 박진수가 왜 저렇게 조심스럽게 움직이는지 이미 바벨의 탑에서 정보를 얻었기에 알고 있었다.

탑에서 얻은 정보대로 지금 박진수는 서울에서 급속하게 세력을 확장하고 있는 호랭이파와 접촉하기 위해서 움직이는 중이었다.

진운이 국정원과 처음 접촉한 교통사고 미제 사건 이후로 벌써 3년이라는 세월이 흘렀다.

그동안 진운이 전혀 행적을 알 수 없을 정도로 완전히 잠수를 타버리는 바람에 국정원에서도 서서히 그의 존재를 잊어갔다.

지금으로서는 미해결 사건 파일 속에서나 진운의 이름이 보이는 정도였고, 박진수는 그 사건에서 물러나 수도권 조직 폭력배를 담당하고 있었다.

하지만 철탑 위에서 웃으면서 내려다보고 있는 진운이 있는 한 결코 그 임무는 이루어질 수 없을 것이다.

"끌고 올게."

함께 움직이고 있는 레이나에게 너무나 가볍게 말한 진운은 높은 철탑 위에서 그대로 뛰어내렸다.

슈우욱!

처음에는 떨어지는 속도가 느린 편이었지만 점점 가속이 붙으면서 무시무시한 속도로 바뀌었다.

이대로 떨어지면 진운은 한 조각의 육편으로 바뀌리라.

그것이 거의 기정사실처럼 보였지만,

둥실~

갑자기 거의 땅에 닿을 무렵 진운의 몸이 살짝 흔들리더니 그대로 멈춰 버렸다.

"이거 쓸 만하네."

일전에 레이나가 사용한 리버스 마법과 비슷한 용도로 사용했지만, 진운이 원한다면 허공을 계단처럼 밟고 절벽을 올라가는 것도 그리 어려운 일이 아니었다.

사실 본래는 이런 능력까지는 없었던 진운이지만, 일명 누나 깨달음라고 레이나가 명명한 두 번째 깨달음을 겪고 나서 전과는 비교도 되지 않을 만큼 진운의 능력은 확장되어 버렸다.

저벅저벅.

자연스런 걸음걸이이지만 박진수의 눈동자는 한 마리의 매와 같이 최대한 주위를 탐색하고 있었다.

"……?"

이곳은 사람이 거의 다니지 않는 골목인데 어디선가 갑자기 여자들이라면 환장할 외모를 가진 청년이 나타나자 박진수는 유심히 살폈다.

하지만 딱 봐도 살짝 마른 몸에 키는 훤칠했지만, 조폭으로 보이진 않았기에 곧 신경을 끄고 고개를 돌렸다.

시계를 잠깐 보고 다시 고개를 든 박진수는,

"어디 갔지?"

분명히 한 10m 앞에서 천천히 걸어오던 미청년이 사라진 것에 고개를 갸웃거렸는데,

"뭘 그렇게 찾아, 박진수?"

타타탁!!

갑자기 뒤에서 들리는 목소리에 박진수는 거의 반사적으로 지저분한 바닥에 몸을 날렸다.

데구루루!

마치 매트 위를 뛰어올라 구르듯 매끄럽게 구른 박진수가 다시 몸을 일으켰을 때 손에는 권총까지 쥐고 있었다.

"누구냐!!"

박진수가 권총을 겨누면서 소리치자 그림자에 가려져 잘 보이지 않던 인영이 모습을 드러냈다.

그 모습을 본 박진수는,

"넌… 아까 걸어오던……."

분명히 눈에 띄는 외모이기도 했지만 박진수의 직업상 사람의 얼굴을 기억하는 능력은 탁월했다.

그렇지만 원래 박진수가 기억하고 있던 진운의 얼굴 사진은 진운이 사하라 사막으로 여행을 떠나기 전 사진이었다.

　그런데 진운은 그사이 무려 네 번에 달하는 마나의 적응을 거쳤고, 덕분에 그들이 가지고 있던 진운의 사진과 외모가 많이 달라져 있었다.

　거기다 3년 전 우연히 진운을 만난 요원들마저 행방불명이 되어버린 미제사건으로 오래전부터 이미 손을 뗀 상태였던 것이다.

　그런 상황에 박진수가 아무리 사람 얼굴을 기억 잘한다 해도 진운을 첫눈에 알아보는 것이 가능할 리가 없었다.

　그렇기에 지금 박진수와 만난 진운은 전혀 모르는 사람 이었다.

　갑자기 나타난 진운은 지금 박진수에게 방금 마주쳤다가 다시 나타난 청년에 불과했다.

　다만 친한 듯 자신의 이름을 부르면서 나타난 것이 다를 뿐이었다.

　"음, 직접 만나는 건 처음이지?"

　마치 자신을 잘 알고 있는 것처럼 웃으면서 걸어오는 청년의 모습에 박진수는 겉으로는 평정을 가장했지만 속으로는 심하게 당황하고 있었다.

　"움직이지 마라! 더 이상 다가오면 발포할 수밖에 없다!"

　박진수 눈에는 진운의 모습이 아무리 봐도 적으로 보였다.

　그것도 엄청난 능력을 가진 특수요원으로 말이다.

국정원에 근무하면서 자신도 비슷한 일을 해본 적이 있으니 직업적으로 가장 잘 아는 쪽으로 해석해 버린 것이다.

한편 진운은 그러거나 말거나 박진수가 든 권총의 총구가 흔들림이 없다는 것에 웬만한 산전수전은 다 겪은 녀석이라고 판단했다.

하지만 오지 말란다고 안 가면 진운이 아니었다.

저벅저벅.

"마지막 경고다! 멈춰라!"

박진수는 진운에게 최후의 경고를 보냈다.

자신과 진운의 거리는 대충 4m 정도였고, 권총의 안전장치는 이미 땅을 구르면서 풀어둔 상태였다.

거기다 자신만의 특기인 구르면서 총을 장전하는 기술까지 사용해서 방아쇠만 당기면 되도록 완벽하게 준비되어 있기에 박진수는 시간이 갈수록 안정을 찾아가는 중이었다.

이 정도 거리에서 특수부대에서 수많은 표창을 받았던 자신이 빗나갈 확률은 없기에 빠르게 상황을 통제하고 있었다.

하지만 진운은 그런 경고에도 아랑곳하지 않고 계속 걸어서 다가왔다.

"젠장! 시말서 써야겠네."

박진수는 진운의 허벅지를 향해 방아쇠를 당기면서도 허락 없이 발포한 것 때문에 시말서를 써야 한다는 것이 짜증난

듯 소리쳤다.

타앙!

좁은 골목에 권총 소리가 울렸다.

하지만 총을 쏜 박진수는 자신의 눈을 의심했다.

"어떻게……?"

발사된 총알이 진운의 허벅지를 그대로 통과해 버린 것이
다.

마치 만져지지 않는 허상을 향해 총을 쏜 것처럼 말이다.

"말도 안 돼!!"

탕!

첫 번째는 실수였다고 스스로 자책하면서 다시 같은 곳을
겨냥해서 방아쇠를 당긴 박진수는 눈이 튀어나올 뻔했다.

이번에도 진운의 허벅지를 그대로 통과한 총알이 뒤쪽 시
멘트로 벽에 그대로 박혀 버렸기 때문이다.

"뭐야? 사격 실력이 정말 형편없네. 이거 국정원 팀장의 실
력이 이 정도라면 실망인데?"

"……!"

진운의 비꼬는 듯한 말과 함께 박진수는 자신의 신분을 정
확하게 알고 있는 것에 온몸의 피가 식는 느낌을 받았다.

'젠장! 도대체 어디 쪽 요원이야! 빌어먹을! 일본인가? 아
니야. 중국인가? 제기랄!'

속으로는 진운을 향해 오만가지 욕을 쏟아붓고 있었지만 단 한 마디도 입 밖으로 낼 수가 없었다.

저벅저벅.

빠르지도 않고 그렇다고 느리지도 않는 걸음으로 천천히 걸어오던 진운이 거의 박진수와 1m까지 가까워지자 방아쇠에 걸려 있던 박진수의 손가락이 빠르게 움직였다.

탕탕탕탕탕탕!!

철컥철컥.

탄창이 비어버릴 만큼 빠르게 속사를 해버린 박진수였지만,

씨익~

결과는 자신을 향해 웃고 있는 진운의 잔인하리만치 밝은 미소였다.

"오래 기다렸어. 너와 만나기를 말이야."

철컥철컥.

탄창이 비어버린 빈총의 방아쇠를 당겼지만 이미 진운은 박진수의 바로 코앞까지 와 있었다.

"너에게 듣고 싶은 게 너무 많아서 말이야. 이곳은 좀 불편하겠지?"

"도, 도대체 누, 누구냐?!"

진운과 가까워질수록 박진수는 마치 보이지 않는 밧줄에

묶여 버린 듯 한 걸음도 움직이지 못하고 있었다.

그리고 진운이 주먹을 슬쩍 들었고,

퍼억!!

그 주먹이 자신에게 날아온다는 것을 느낀 것으로 박진수의 기억이 끊겨 버렸다.

진운은 가볍게 턱을 쳐 올려 기절시킨 박진수의 머리채를 움켜잡았다.

질질질.

그리고는 전에 레이나가 그랬던 것처럼 머리채를 잡고 끌면서 천천히 사라져 버렸다.

*   *   *

촤악!!

"쿨럭! 쿨럭!"

갑자기 차가운 느낌과 함께 숨이 막혔고, 목구멍에 물이 차올라 반사적으로 크게 기침을 하면서 박진수는 깨어났다.

"일어났어?"

"헉!!"

깨어나자마자 진운의 얼굴을 본 박진수는 기겁했다.

그리고 자신이 손가락 하나 꼼짝할 수 없다는 것에 두 번째 놀랐다.

밧줄에 묶여 있는 것도 아니었다.

그렇다고 특별한 약물이나 그런 것을 사용한 것처럼 느껴지지도 않았다.

이미 고문 인내 훈련까지 거친 정예요원이었기에 적에게 잡혔을 때 가장 먼저 자신의 몸 상태를 체크하는 것은 본능이었다.

박진수는 아무리 살펴봐도 몸에 이상이 없고 약물의 느낌도 없었다.

그런데도 온몸에 석고 깁스를 한 듯 손가락 하나 까딱할 수 없는 상황에 박진수는 당황했다.

공포스러운 진운의 얼굴이 가까이 다가왔다.

"박진수, 나이는 37세에 북파 특수요원으로 활동하다가 국정원 2팀 팀장으로 발령받았네? 음, 그동안 조폭 등 여러 가지 국가를 위한다는 명목하에 살인만 서른다섯 건이나 했구만. 쯧쯧쯧."

상대는 모든 것을 알고 있었다. 손바닥 위에 올려놓고 이리저리 굴리는 듯 한마디 한마디 할 때마다 박진수의 눈이 점점 커졌다.

"뭐 이딴 거야 나랑은 상관없고, 너 알지? 채호무역 정호식 사장에 대해서 말이야."

순간 박진수는 자신의 머릿속에 그런 이름이 있는지 기억을 뒤지기 시작했고, 곧 기억해 낼 수가 있었다.

하지만 그건 결코 표현해서는 안 되기에 눈동자 하나 움직이지 않았다.

그렇지만 진운도 박진수가 순순히 불 것이라고는 생각하지 않았다.

"가능하면 오랫동안 버텨줘. 알았지?"

진운은 박진수의 옷을 거칠게 찢어버리더니 팬티까지 찢어서 옆으로 던져 버렸다.

"궁금하지? 내가 왜 옷을 찢는지 말이야."

마치 사이코패스가 즐기는 듯한 진운의 모습에 박진수는 생각했다.

저놈은 미쳤다고 말이다.

확실하게 미친놈이라는 생각이 박진수의 머릿속에 가득했다.

그리고 그 생각은 잠시 후 명확한 형태로 증명되었다.

진운은 어디선가 커다란 도끼 하나를 들고 왔다. 그리고 박진수의 머리 위에 도끼날을 위로 해서 털실 몇 가닥으로 고정시켰다.

"이 정도면 되려나?"

처음에는 진운의 행동이 무슨 의미인지 전혀 알지 못하던

박진수는 진운의 눈동자가 유독 한곳을 자주 향한다는 생각
에 눈을 돌렸다가, 그곳이 어딘지 깨달았다.

온몸의 피가 쑤욱 빠져나가는 듯했다.

지금 진운이 설치한 도끼날은 정확하게 박진수 남자의 그
것을 향하고 있었던 것이다.

"자, 이제 슬슬 시작해 볼까?"

네 가닥의 털실 중 하나에 일회용 라이터를 가져가더니 불
을 켜자 순식간에 털실이 타면서,

흔들!

도끼가 흔들렸다.

"안 돼!! 안 돼!!"

차라리 자백제를 맞는 게 낫지 이것만큼은 정말 꿈에도 생
각지 못한 고문이었다.

"쯧쯧, 그러니까 버티지 말고 말해. 내가 궁금한 건 정호식
의 죽음을 지시한 놈이야. 정호식을 죽이라고 명령한 게 누구
야?"

진운인 남은 세 가닥의 털실 중 가장 바깥쪽에 있는 털실에
다시 라이터를 가져다 댔다.

"몰라! 난 정말 몰라!!"

필사적으로 모른다고 외치는 박진수였지만 진운은,

"훗, 웃기고 있네."

가벼운 콧바람과 함께,

치릭!

라이터를 켰고, 순식간에 두 번째 털실을 태웠다.

이제 털실 두 가닥으로 지탱되고 있는 도끼가 박진수의 머리 위에서 흔들거렸다.

도끼가 흔들릴수록 박진수의 온몸은 식은땀으로 젖어갔다.

"누가 죽이라고 명령 내렸어? 웅?"

"모른다니까!! 정말 난 몰라!!"

목에서 울대가 튀어나올 듯 소리치면서 필사적으로 몸부림쳤다.

하지만 실제로 움직이는 것은 박진수의 입뿐이었다.

"대단해. 국정원 요원들은 모두 이렇게 애국심이 투철한가 봐?"

그리고 남은 두 가닥 중 하나도 태워 버렸다

흔들흔들!

이제 도끼를 잡고 있는 것이 털실 한 가닥.

도끼날은 심하게 요동치며 당장에라도 떨어져 박진수의 그것을 찍어버릴 것 같은 공포를 주었다.

하지만 끝까지 박진수는 모른다고만 할 뿐이다.

"말 안 하면 이거 태워 버린다?"

진운은 비릿한 미소를 지은 채 라이터를 박진수의 눈앞에 가져갔다. 일부러 잘 볼 수 있도록 하는 것이다.

라이터가 눈앞을 맴돌더니 슬그머니 위로 올라가 마지막 남은 털실 한 가닥을 향했다.

치치칙.

천천히 돌려서 불꽃이 일어나진 않았지만 박진수에게는 이 라이터 소리가 세상에 그 어떤 소리보다 지옥의 공포로 다가왔다.

"마지막이야. 말해. 누가 죽이라고 시켰어?"

"모른다고, 이 씹XXX야!! 나도 뒤처리 명령만 받은 거야, 이 개XX야!!"

결국 멘붕 상태가 왔는지 눈동자가 심하게 흔들리면서 거품을 물기 직전이다.

하지만 진운은 오히려 안타까운 듯 웃더니,

"이런, 미안해서 어쩌나?"

치릿!!

화르륵!!

마지막 털실이 진운이 켠 라이터 불꽃에 타버리고는, 박진수의 눈앞에 커다란 도끼날이 쓰러지는 것이 보였다.

"안 돼!!"

퍼걱!!

아주 짧은 순간이었지만 박진수는 도끼가 눈앞에서 사라지는 것과 동시에 사타구니에서 강렬한 통증이 느껴지자 심리적인 충격을 이기지 못하고 기절해 버렸다.

그런데 박진수가 기절한 모습을 본 진운은,

"젠장, 정말 모르는 건가?"

사이코패스 같던 모습은 감쪽같이 사라져 버리고 평소의 진운으로 돌아와 있었다.

—그런 것 같군.

진운과 박진수만 있던 그곳에 돌연 레이나가 나타났다.

그녀는 박진수의 사타구니에 발을 올린 상태였다. 그 상태에서 그녀가 양손을 흔들자 주변 광경이 마치 뒤섞이듯 뭉쳤다.

그러다 어느 순간 확 하고 사라지더니, 흔히 볼 수 있는 야산의 풍경이 펼쳐졌다.

"일루전 마법까지 사용했는데 말하지 않는 거 보니 정말 모르나 본데?"

레이나가 마법을 해제하는 모습을 보며 진운이 투덜댔다.

그렇다.

지금까지 박진수가 본 것은 모두 레이나가 만든 마법이었던 것이다.

털실이 타고 도끼가 머리 위에서 위협하는 것 모두 마법으로 만든 환상이었다.

그리고 그런 환상 마법의 효과를 극대화해 준 것은 바로 진운의 연기력이었다.

마치 사이코패스처럼 연기하면서 박진수를 극한까지 몰아붙인 것이다.

하지만 마지막에 도끼가 떨어지는 순간까지 박진수는 말하지 않았고, 레이나도 마지막까지 모른다고 울부짖는 박진수의 눈동자를 읽고는 고개를 흔들었다.

"별수 없이 다시 있던 곳에 돌려놓고 와야겠네."

진운이 이렇게 복잡하게 일을 처리한 것은 모두 이유가 있었다.

무작정 잡아 족치다가는 오히려 국정원에서 꽁꽁 숨겨 버릴 가능성이 있다고 판단한 것이다.

그리고는 살짝 계획을 바꿔서 박진수를 잡아와 일루전 마법으로 온갖 잔인한 고문을 하는 환상을 보여준 뒤에 다시 처음 데리고 온 장소로 데려다 놓고 깨어나게 하는 것이었다.

물론 그냥 바닥에 잠자는 것처럼 해서는 안 되었다.

그리고 확실하게 하기 위해 박진수의 비어버린 탄창은 전에 레이나가 주워 놓았던 국정원 요원에게 빼앗은 권총에서 빼내 그대로 다시 채워놓은 상태였다.

"별수 없네. 우선 탑으로 돌아가서 다른 녀석을 찾아봐야지.”

그동안 이 녀석이면 바로 알아낼 것이라고 생각했던 진운은 일이 쉽게 풀리지 않았지만 그래도 아직 이용 가치가 있는 박진수를 위해 약간의 수고를 하기로 했다.

우선 그대로 처음 그와 만났던 곳으로 가서는 우선 살짝 벽에 기댄 상태로 세워놓았다.

홀드 마법이 걸려 있으니 온몸이 딱딱한 막대기 같아서 세워놓는 것은 별문제 없었다.

진운은 조용히 빠져나왔고, 이제부터는 레이나의 몫이었다.

“부탁해.”

─걱정 마.

레이나는 양손의 손바닥에 마법진을 활성화시키더니 동시에 박진수를 향해 뻗으면서,

─웨이크(Wake), 캔슬(Cancel).

웨이크 마법으로 기절한 박진수를 깨우는 것과 동시에 곧바로 캔슬 마법을 사용해서 박진수의 몸에 걸린 홀드 마법을 사라지게 만들어 버렸다.

이건 멀티 캐스팅과는 조금 다른 것으로 멀티 캐스팅은 미리 주문을 외워 놓고 그걸 자신만의 특별한 마법 도구에 저장했다가 약속된 주문으로 사용하는 것이다.

엄연히 따지면 이건 저장 마법이지 레이나가 사용하는 무 캐스팅 마법은 아니었다.

아니, 레이나는 애초에 마법진이 캐스팅을 대신하기에 그렇게 저장해 놓을 필요도 없었다.

곁에서 보기에는 동시에 두 가지 마법을 한 번에 사용한 것 같은 착각을 일으킬 만큼 빠르게 마법을 사용하자,

부르르르르!!

박진수는 갑자기 온몸을 떨면서 정신을 차렸다.

웨이크 마법으로 흔들린 몸 때문에 살짝 늦게 홀드 마법이 풀렸지만 전혀 느끼지 못했다.

스르륵.

턱!!

정신을 차리자마자 벽을 타고 바닥으로 쓰러지려던 박진수는 가까스로 멈췄다.

다시 일어서자마자 주변을 살펴보고는 몇 번이고 자신의 팔과 뺨을 꼬집기를 반복했다.

"꿈이었나?"

그리고는 천천히 시선을 아래로 내려서 남자의 그것이 그대로 있는지 확인까지 하고 나서야,

"하아! 꿈이었구나."

그제야 가슴속 깊은 곳으로부터 나오는 안도의 한숨을 쉴

수 있었다.

"내가 한동안 너무 무리했나. 서서 자다니… 제대 이후로 처음인데?"

군에서야 서서 자는 경우가 가끔 있었다.

그리고 그 짧은 순간에도 꿈을 꾸는 경우도 많았고, 박진수는 북파요원으로 활동하던 당시 그렇게 서서 잔 경험이 제법 많았기에 그렇게 생각한 것이다.

하지만 지금도 눈을 감으면 커다란 도끼날이 당장에라도 자신의 사타구니를 향해 내려찍을 것 같은 기분이 생생하게 들었다.

"아, 진짜 기분 더러운 꿈이네."

박진수는 잠시 너무나 생생했던 꿈을 생각하다가 기분이 나빠졌는지 품에서 담배를 하나 꺼내 물고는 습관적으로 라이터를 들고 불을 켰다가,

"하악!!"

화들짝 놀라면서 신경질적으로 라이터를 집어던져 버렸다.

파삭!!

푸쉬이이이이이!!

가스가 가득 차 있던 싸구려 일회용 라이터는 산산조각이 났다.

박진수는 자신의 손이 떨리는 것을 겨우 진정시켰다.

기분이 더러워서 담배를 한 대 피우려고 라이터를 켜는 순간, 꿈속의 라이터가 더오른 것이다.

그 본능적인 공포감에 떨리는 손을 진정시키는 데는 한참 걸렸다.

그는 욕설을 내뱉으면서 서둘러 본부로 귀환했다.

Chapter 10
새로운 꼬리

　　멀리서 이런 박진수의 행동을 모두 지켜보고 있던 진운은
환상 마법을 너무 가볍게 생각했다는 후회가 살짝 들었다.

"너무 심했나?"

지금 박진수의 행동을 보면 자신이 마법으로 장난친 탓에
트라우마가 생겨 버린 것이다.

그것도 흔하게 구할 수 있는 일회용 라이터에 극심한 반응
을 보이는 모습이다.

거기다 아이러니하게도 박진수가 주머니에서 생각 없이
꺼낸 라이터 색이 녹색이었고, 진운이 박진수에게 장난칠 때

꺼낸 라이터도 녹색이었다.

운명의 장난처럼 진운이 사용한 라이터와 박진수가 가지고 다니는 라이더가 같은 색이기에 더욱 강렬하게 반응했을지도 모른다.

아무튼 결과적으로 이번 계획은 실패로 돌아갔다는 것에 진운은 한숨을 쉬더니 레이나와 함께 다시 탑으로 돌아왔다.

"어떻게 하지? 이대로는 끝이 없는데."

사실 바벨의 탑의 능력은 사용하기에 따라 끝을 알 수 없는 방대한 정보에 있었다.

그걸 능숙하게 사용하고, 진운이 원하는 정보를 얻기 위해서는 어느 정도 진운도 강해져야만 했다.

하지만 이미 육체적인 수련으로 강해지는 단계는 초반에 일찌감치 건너뛰어 버린 진운이었기에 마땅히 강해질 수단을 찾지 못하고 있었다.

강해지지 못한다면 남는 것은 오직 하나였다.

어떻게든 실마리를 찾아서 아버지의 죽음을 명령한 녀석을 찾아내야 하는 것이다.

그리고 그러기 위해서라도 박진수의 존재는 아직은 필요했기에 살려둔 것이다.

하지만 가장 믿었던 패가 똥패라는 것을 알고 난 뒤 진운은 힘이 빠지는 느낌이다.

우선 자신이 아는 주변의 환경을 최대한 간추려서 다시 알아보려고 탑의 데이터베이스와 링크를 하려는 진운은 레이나가 다가오자 잠시 멈췄다.

"왜?"

—진운, 아무래도 박진수를 살려두길 잘한 것 같아.

"응?"

레이나의 입가에 맺힌 미소와 함께 양손이 빛을 발하더니 진운이 바벨의 탑에서 사용하는 것과 비슷하지만 화질이 많이 떨어지는 화면이 허공에 그려졌다.

그리고 박진수의 목소리가 들렸다.

"혹시?"

—맞아. 박진수가 과거에 있었던 사건 파일을 살펴보고 있어.

사실 진운도 박진수가 이렇게 친절하게 움직여 줄 것은 전혀 기대하지 않았는데 뜻밖의 행운을 얻은 것이다.

레이나는 박진수의 움직임과 동향을 더욱 자세하게 알아보기 위해 작은 벌레 하나를 패밀리어 계약으로 몸에 붙여 두었다.

지금 보이는 화면이 바로 패밀리어가 보는 시야였다.

펄럭! 펄럭!!

몇 개의 파일을 뒤지기 시작하던 박진수는 결국 정호식의 사건이 쓰여 있는 사건 파일을 집어 들었다.

"일급비밀?"

그런데 뜻밖에도 박진수가 집어 든 파일에는 선명하게 파일 겉 부분에 일급비밀이라는 붉은색 도장이 찍혀 있었다.

그리고 파일을 살펴보던 박진수는 몇 가지를 읽어보다가 다시 넘기고 읽어보다가 다시 넘기고 하는 행동을 반복했다.

파일 숫자가 제법 되는지 수십 장을 넘긴 후에야 겨우 마지막 페이지를 볼 수 있었다.

박진수는 마지막 페이지까지 모든 본 다음 심하게 동요했다. 몸을 떠는 그의 행동에 패밀리어마저 영향을 받아 화면이 떨렸다.

그리고 갑자기 박진수의 시선이,

휙~

하고 한 바퀴 돌더니 천장을 향했다.

"뭐야? 어떻게 된 거야?"

—잠깐만.

레이나도 갑작스런 박진수의 행동에 당황했는지 패밀리어를 움직이는 데 집중했다.

그런데 천장만 보이던 화면에 갑자기 처음 보는 남자 얼굴이 나타났다.

“……?”

―……?

처음 보는 남자의 얼굴에 진운과 레이나 둘 다 잠시 멍하니 패밀리어가 전송하는 화면을 쳐다보는 와중에 다시 박진수의 몸이 움직이기 시작했다.

그런데 일어서서 걷는 게 아니라 마치 누워서 누군가에게 끌려가듯 화면에는 천장에 달린 형광등만 계속 지나가고 있었다.

“당한 건가?”

―내 생각에도 그런 것 같아.

너무나 황당하게 박진수가 죽어버린 것이다.

레이나가 의미없이 계속 천장만 보여주다 시커멓게 변하는 화면에 마법을 해제했다.

아직 박진수의 몸에 붙어 있는 패밀리어를 잠깐 조종하여 살펴본 그녀가,

―진운, 박진수의 시체가 버려진 것 같아.

“쓰읍!”

결과적으로 박진수가 진운에게 결정적인 힌트를 준 것은 맞았다.

하지만 너무나 허무하게 죽어버린 것도 사실이다.

진운은 혀를 차며 박진수가 죽은 뒤에 보였던 사나이의 얼

굴을 기억에 되새겼다.

"게티아!"

그는 곧바로 탑의 데이터베이스와 링크를 했다.

휘리리릭!

검은색 구체가 진운의 앞에 나타났다.

이번에는 흰색 띠 하나만 나타난 상태에서 원하는 정보를 얻을 수 있었다.

"최무도… 국정원 4급… 공무원……."

검색을 마친 진운의 눈앞에는 조금 전 레이나가 보여준 것과는 화질부터가 다른 선명한 화면이 허공에 떠 있었다.

그 화면의 한쪽에는 사진과 함께 이름, 계급, 그리고 잡다한 신상 명세가 솔로몬이 만든 문자로 쓰여 있다.

―조금 전에 본 그 녀석이네.

레이나도 진운이 이렇게 빨리 녀석을 찾아낼 줄은 몰랐는지 감탄하고 있다.

하지만 진운은 조금 전부터 계속 화면 속에 최무도의 사진만 뚫어지게 바라보면서 왠지 강하게 끌리는 느낌을 받았다.

―진운, 왜 그래?

지금까지 진운이 이렇게 한 녀석을 집중해서 본 적이 없기에 레이나가 이상해서 물어보자,

"그냥… 뭐랄까, 이상하게 끌려."

—끌려?

막연히 느낌을 표현한 진운의 말이 순간 이해가 안 되는지 레이나는 잠시 생각하더니,

—그거 뭔가 느낌이 있다는 말이지?

"응. 대충 비슷해. 하지만 그거와 달라. 그냥 막연히 끌리는데 왜 그런지 나도 모르겠어."

레이나는 순간 진운이 처음 보는 남자를 보고 반했나 하는 생각을 했지만 그러기에는 진운이 지극히 평범한 남자로서의 반응을 지금까지 보였기에 그건 아닌 것 같았다.

예전에 자신이 브래지어를 입혀달라고 했을 때 심하게 당황했던 것이 아직도 선명하게 레이나의 기억에 남아 있으니 말이다.

하지만 그런 것이 아니라고 하기에는 진운이 최무도를 쳐다보는 시선이 너무나 뜨거웠다.

마치 잃어버린 무언가를 찾은 듯한 기쁜 감정과 절대로 찾아서는 안 되는 것을 찾은 것 같은 감정이 뒤섞여 있는 그런 느낌 말이다.

눈빛으로 사람의 진실과 거짓, 그 외에도 감정이나 기타 여러 가지를 읽을 수 있는 레이나는 지금 진운의 눈빛에서 읽히는 이런 복잡한 감정은 처음이었다.

하지만 레이나도 최무도의 사진을 보면서 막연히 앞으로

자주 만날 것 같은 느낌이 들긴 했다.

아마 이건 공통적으로 레이나와 진운이 느끼는 감정 중의 하나일 것이다.

＊　　　＊　　　＊

"저보고. CF를 찍으라구요?"

신분을 완전하게 바꾼 뒤로 진운은 전에 살던 원룸을 소지훈의 도움을 받아 처분했다.

그리고 개인적으로 투룸을 구해서 따로 나와 살고 있었다.

하지만 최미영이 거의 일주일에 3~4일을 불러내서 같이 밥 먹자는 등 여러 가지 핑계를 대면서 불러들여서 아파트 경비와는 얼굴만 봐도 누군지 아는 사이가 되어버렸다.

거기다 레이나와 진운이 한 번도 따로 다니는 것을 본 적이 없는 경비는 진운과 레이나를 부부로 알고 있을 정도다.

그런데 오늘도 평소와 다를 바 없이 최미영이 불러서 가보니, 서류 한 장을 탁자에 올려놓고 진운과 레이나를 기다리고 있었다.

그리고 그녀가 꺼낸 말은,

"진아, 너 CF 한 번만 찍자."

였다.

"절대로!! 난 그런 거 안 해요!!"

당연히 진운은 최미영의 말이 끝나자마자 그 자리에서 거절해 버렸다.

하지만 최미영이 누구던가?

이미 진운의 그런 반응은 애초에 예상을 했다는 듯 서류를 보여주면서,

"이거 불우이웃 돕기 CF야."

"그래도 안 돼요!!"

사실 불우이웃 돕기라는 말에 살짝 흔들린 진운이었지만 결국은 노(No)였다.

하지만 최미영은 아주 잠깐이지만 진운이 흔들렸다는 것을 눈치채고는,

"진아, 너 지금 살고 있는 사람, 고아원 출신인 거 알지?"

"네. 그거야 저도 미리 알아봤으니까요."

"그럼 그 사람이 자란 고아원이 곧 문 닫을 처지라는 것도 아니?"

"네?"

이건 진운도 전혀 모르고 있었다.

진운이 전혀 모르는 눈치이자 최미영은 곧바로 폭포수처럼 말을 쏟아내기 시작했다.

이번 CF를 찍는 곳이 바로 지금 진운이 바꿔서 살고 있는

정진운이 자란 고아원이라는 것을 가장 먼저 어필했다.

이 CF를 찍고 나서 받은 돈을 이미 그 고아원에 기부하기로 했다는 말까지 늘어놓자 진운도 마냥 대놓고 거부할 수도 없게 되어버렸다.

"진아, 이제 완벽하게 다른 사람이 되었잖아. 응? 좋은 일도 하면서 살아야지. 안 그래?"

최미영은 아예 작정한 듯 진운을 설득하기 시작했고, 그동안 가만히 있던 소지훈도 은근히 최미영의 편을 들고 나섰다.

"진운아, 너도 알 것이다. 너의 아버지와 내가 고아원 출신이라는 것을 말이야. 나도 이번 미영이 의견은 어느 정도 찬성이란다."

이렇게 부부가 함께 덤비자 진운은 난감했다.

사실 지금 자신은 그렇게 밖으로 드러나서 좋을 게 없는 입장이다.

물론 신분 세탁이 완벽하게 되었다고 생각은 하지만, 세상에 완전한 비밀은 없는 법이다.

어디서 비밀이 새어 나갈지 모르는 법이니 말이다.

하지만 그런 자신의 입장을 내세워서 계속 이번 CF 건을 거절하기에도 마땅치 않은 것이, 하필이면 지금 새롭게 얻은 신분의 정진운이 자란 고아원을 배경으로 CF를 찍는다고 하기 때문이다.

거기다 출연료를 모두 고아원에 기부한다고 이미 정해놓은 상태라니.

진운의 아버지인 정호식과 아버지처럼 생각하고 있는 소지훈도 고아원 출신이다.

그것도 먼저 세상으로 뛰쳐나간 정호식이 소지훈의 공부 뒷바라지를 해서 변호사를 만든 조금은 특이한 경우이긴 했지만, 소지훈도 자신이 고아원 출신이라는 것을 결코 부끄러워한 적이 없었다.

어쩌면 변호사인 소지훈인 그동안 결혼을 하지 못한 것은 고아원 출신이기에 전혀 배경이 없어서일 수도 있었다.

그걸 생각하면 최미영을 만난 것은 정말 소지훈에게는 평생의 행운을 모두 썼다고 해도 과언이 아니리라.

하지만 진운에게 최미영은 정말 곤란한 상대이기도 했다.

자신에게 친누나가 있다면 이런 기분일 것이라는 것을 알려주었고, 덕분에 그동안 막혀 있던 벽도 뚫는 힌트를 준 사람이니 말이다.

하지만 저 성격 때문에 진운을 곤란하게 한 게 한두 번이 아니다.

굳이 비교하자면 미워할 수 없는 악동 같은 그런 이미지인 것이다. 물론 나이가 서른이 넘은 유부녀가 악동 이미지를 가지고 있다는 것이 가장 큰 문제이긴 했다.

　　그리고 그 악동이 목표로 삼고 매번 공격하는 것이 진운 자신이라는 게 가장 큰 문제였다.

　　─진운, 어때?

　　레이나도 언제 최미영에게 포섭되었는지 슬쩍 진운의 의견을 물어보기 시작했다.

　　사실 박진수의 죽음으로 알게 된 최무도를 감시하고 있지만 벌써 몇 달째 별다른 움직임이 없기에 조금 지루한 시간을 보내고 있는 중이긴 했다.

　　그런데 어떻게 진운이 한가하다는 것을 알았는지 최미영이 불우이웃 돕기 광고이긴 하지만 진운이 가장 싫어하는, 광고를 찍자고 졸라대고 있는 것이다.

　　"진아, 이거는 그냥 공익광고 같은 거라 아무도 신경 안써. 응?"

　　"하지만……."

　　처음과 달리 강력하게 거절하기에는 애매해져 버린 상황에 진운은 한숨을 내쉴 수밖에 없었다.

　　죽은 아버지를 봐서라도 거절하는 것은 경우가 아니었다.

　　거기다 소지훈도 진운에게 조용히 한마디 하는 것을 보니 해줬으면 하는 마음을 노골적으로 드러내고 있다.

　　"그럼 레이나와 같이 출연하는 건 어때?"

"네에?"

갑작스런 최미영의 말에 진운은 오히려 고민하다가 혹을 붙이게 생겼다.

갑자기 가만히 있는 레이나는 왜 끌어들인단 말인가?

"누나, 갑자기 레이나는 왜요?"

"뭐 어때? 커플로 출연하면 출연료도 두 배, 그럼 기부도 두 배잖아? 안 그래? 좋은 일은 서로 나눠야지."

물론 최미영의 말이 틀린 것은 아니다.

하지만 왠지 레이나도 처음부터 최미영이 뿌린 그물 안에 들어 있었던 것 같은 느낌이 드는 진운이다.

―진운이 하면 나도 할게.

결국 좋은 취지와 진운의 사정, 그리고 진운의 죽은 아버지 등 여러 가지 사정에 의해서 진운은 또다시 최미영의 억지스러운 요구를 들어주게 되었다.

"알았어. 할게. 하지만… 정말 이번이 마지막이에요?"

진운은 혹시라도 또다시 이런 핑계를 들고 억지 부릴까 봐 미리 못 박았다.

하지만 서류에 사인하라고 하면서 싱글벙글 웃고 있는 최미영의 얼굴을 보면 결코 진운의 협박이 먹혀든 것 같진 않아 보였다.

"그보다 언제예요?"

이왕 하기로 허락했고 사인도 했으니 대충 준비라도 해야
겠다는 생각에 진운이 일정을 물어보자,

"오늘이야."

"아, 오늘… 오늘이요?"

"응."

"하아! 누나 진짜… 내가 끝까지 거절했으면 어쩌려고 했
어요?"

정말 대책 안 서는 최미영이었다.

최미영도 진운의 말을 듣고는 슬쩍 웃으면서 소지훈의 팔
을 껴안더니,

"끝까지 진이 네가 안 한다고 하면 뭐 내가 오빠를 끌고라
도 가서 찍으려고 했지."

"……."

그제야 왜 소지훈이 그렇게 최미영의 편에서 계속 도움을
주었는지 이해가 되는 진운이었다.

결국 오늘은 이미 최미영이 미리 짜놓은 각본에 의해 농락
당한 진운이었다.

"정확하게… 세 시간밖에 남지 않았어! 이런, 늦었다. 서둘
러!"

천진하게 웃던 최미영은 시계를 보더니 표정이 사라지면
서 벌떡 자리를 박차고 일어섰다.

그리고는 레이나와 진운의 손을 잡고는 그대로 집을 나왔
다.

"누나, 어디 가는 거예요? 그리고 손 좀 놓고 가요! 저 도망
안 가요!"

―저도 도망 안 가요, 언니.

아직 세 시간이나 남았는데 최미영은 뭐가 그리 급한지 허
둥대기까지 했다.

그리고는 자신의 차에 진운과 레이나를 거의 쑤셔 넣듯 태
우고는 곧장 시동을 걸고 출발했다.

"지금 늦었어. 숍에 가서 머리 손질도 해야 하고, 아, 너 옷
도 없네. 잠시만."

갑자기 혼자 부산하게 움직이면서 전화를 걸던 최미영은,

"오빠, 난데, 응, 진이 집에 가서 괜찮은 슈트랑 레이나가
입을 원피스 좀 가지고 와줘. 응, 응. 장소는 알지? 애들은 내
가 숍에 들렀다가 데리고 갈게. 응. 그럼 이따 봐."

딸각!

그리고는 나름 베스트 드라이버라고 자랑하던 운전 실력
을 유감없이 진운과 레이나에게 보여주었다.

"야, 나 왔어!"

단골 숍에 들어서자마자 그녀가 소리쳤다.

최미영의 목소리에 이곳의 원장으로 보이는 여자가 모습

을 드러내더니,

"이 애들이야? 곱네. 멋지고."

진운과 레이나를 머리끝부터 발끝까지 한번 살펴보고는 곧바로 직원들을 시켜서 준비하기 시작했다.

살면서 지금까지 이런 경험이 전혀 없는 진운은 마치 무언가에 휩쓸리듯 헤어디자이너의 손에 자신의 머리뿐만이 아니라 몸까지 맡겨야 했지만, 레이나는 진운보다 조금 더 상태가 심했다.

"진짜 예쁘다!"

"머리카락 봐. 흘러내려."

"피부는 어떻고. 어떻게 관리해야 이렇게 맑고 투명하지?"

"끼야!! 화장도 전혀 안 한 얼굴이었어!"

레이나 옆에 네 명이나 되는 헤어디자이너가 붙어서는 난리를 치고 있었다.

한편 그런 진운과 레이나를 뒤에서 바라보고 있는 최미영은 이 숍의 원장이자 자신의 친구를 바라보고 말했다.

"어때? 멋지고 예쁘지?"

마치 자기 자식 자랑하는 듯 뿌듯해하는 최미영의 모습에 원장도 이번만은 고개를 끄덕이면서,

"자랑할 만하네. 특히 여자 쪽. 레이나라고 했지? 장난 아니야. 지금까지 저런 피부, 체형은 처음 봐."

진운과 레이나는 모르지만 지금 자신들이 몸을 맡긴 이곳
은 유명 연예인들이 자주 찾아오는 곳으로 나름 인지도가 제
법 높은 숍이었다.

그러고 그런 숍의 원장이 레이나를 보고 감탄을 계속하
고 있으니 최미영이 얼마나 자랑했는지 안 봐도 드라마이
다.

"그런데 정말 연예계는 관심 없는 애들이야?"

원장은 레이나가 확실히 멋지긴 하지만 아무래도 외국인
이라는 것이 약간 걸리는 듯했다. 하지만 진운은 자신이 봐
도 첫눈에 호감 가는 얼굴과 외모였기에 아깝다는 듯 물었
다.

그러자 최미영도 고개를 흔들면서,

"이번에 공익광고 하는 것도 겨우 사정했어. 아마 연예계
는 아예 관심도 없을 거야. 그리고 뭐, 저 애들 나름대로 해야
하는 일도 있고 말이야."

최미영이 굳이 이렇게 진운을 자꾸 끌어들이는 것은 왠지
걱정스러웠기 때문이다.

물론 진운의 놀라운 능력을 경험했기에 믿긴 하지만 복수
라는 것에 너무 집중한 나머지 정말 자신에게 중요한 것이 무
엇인지 잊어버릴 것 같아서 말이다.

표현하는 방법이 다를 뿐 최미영은 모두 진운을 위해서 이

렇게 억지로 떼를 써가면서 괴롭히고 있는 것이다.

그렇게 원장과 최미영이 서로 이야기하는 사이 레이나와 진운은 덥수룩한 모습에서 완전 세련되게 탈바꿈하고 있는 중이었다.

워낙에 멋과는 담을 쌓고 살아온 진운과 레이나였기도 하지만, 정작 자기 자신이 멋을 부려야 한다는 필요성을 굳이 느끼지 않고 있기에 그냥 이대로 살아왔다.

하지만 확실히 전문가의 손이 닿을수록 마치 진흙 속의 진주가 빛을 내듯 점점 화려하게 재탄생되기 시작하는데,

"꺄아!! 너무 예쁘다!! 인형 같아!"

"여기 남자 분은 어떻고!"

처음에는 레이나의 이국적인 외모와 한국말을 너무 잘하는 특이한 모습에 관심을 받았지만, 진운의 외모가 바뀔수록 헤어디자이너들의 발길이 진운에게로 한 명씩 옮겨지고 있는 중이다.

아무튼 거의 태풍이 휩쓸고 지나간 것 같은 엄청난 혼란 속에 진운과 레이나는 얼굴만 보면 누구라도 고개를 돌려 연예인인가 하고 착각할 만큼 바뀌어 버렸다.

"고마워."

최미영은 시계를 보더니 곧바로 진운과 레이나를 다시 자신의 차에 태우고는 들어왔을 때와 같이 바람처럼 사라져 버

렸다.

"아무튼… 저 기집애, 활발한 건 시집가서도 여전해요."

활발하게 움직이는 최미영의 모습에 원장은 한번 웃더니,

짝!

"일들 안 해? 조금 있다가 한요슬 씨가 오기로 했는데 지금 이렇게 멍해서 어떻게 일하겠다는 거야? 정신 차려!!"

짝짝짝!!

처음에 들어올 때는 그냥 별 관심이 없던 진운이지만 나갈 때는 완전히 반대로 이곳 헤어디자이너들의 마음을 흔들어놓고 가버린 것이다.

찰싹!!

아무리 원장이 소리쳐도 아직도 멍한 상태에서 깨어나지 못한 몇몇 직원은 결국 원장의 두꺼운 손바닥에 등을 찜질당하고 나서야 다시 평상시대로 돌아갈 수 있었다.

하지만 그런 직원들을 모두 돌려보내고 난 뒤 원장은,

"진운이랬나? 연예계 데뷔만 하면… 대박일 것 같은데. 쩝. 미영이 고것이 가만 놔두질 않겠지? 싫은 건 죽어도 싫어하는 기집애니까."

사실 원장도 진운의 완전히 바뀐 모습에 한눈에 대박이라는 느낌을 받았었다.

하지만 그걸 최미영이 눈치채고는 애초에 원장을 향해 경

고를 한 상태다.

"알지? 나 몰래 우리 애들한테 접근하면 너 정말 그때는 다시는
안 본다?"

최미영 딴에는 가장 무서운 협박이었지만 원장은 그런 최
미영의 협박보다는 싫다는 사람 억지로 데뷔시켜 봐야 결국
원망만 듣는 곳이 연예계라는 것을 잘 알기에 마음만 가지고
있을 뿐이다.

그리고 정말 연예인 할 팔자라면 본인이 싫어도 하게 되는
게 운명 아니던가?

그냥 오늘 친구 덕에 멋진 남자 한번 봤다는 것으로 만족해
야 했다.

한편 그렇게 숍을 한번 뒤흔들어놓은 진운과 레이나는 다
시 최미영의 차에 실려 거의 한 시간을 달려 서울 외곽으로
나왔다.

"여기가 맞던가?"

내비게이션으로도 확실하게 표시가 되지 않는 곳에 차를
몰고 들어온 최미영은 한참을 가고서야 눈에 익은 차를 한 대
보고는 얼굴이 밝아졌다.

"잘 왔네. 오빠가 먼저 왔나 보네."

“아저씨가요?”

진운은 이제야 겨우 정신을 차린 듯 고개를 움직여 바라보니 소지훈의 차가 보였다. 소지훈이 타고 다니는 차번호를 외우고 있으니 최미영이 잘못 본 것은 아닌 듯했다.

“오빠!”

“왔어? 그래도 맞춰서 왔네?”

소지훈은 조금 늦을 것으로 예상했던 최미영이 그나마 제때 도착하자 반겼고, 곧바로 자신이 가져온 옷을 꺼내 넘겨주었다.

“옷 갈아입고 나와.”

그리고는 옷만 던져 주고 최미영은 소지훈에게 가버리는 것이다.

그런 최미영의 모습을 바라보던 레이나가,

―진운, 후회하지?

“후후훗, 아니야. 뭐 어차피 할 것, 빚 갚는다고 생각하려고.”

지금 자신이 살고 있는 신분의 본래 주인이 죽은 것은 결코 진운 때문은 아니었다. 죽을 것은 알고 있었으나 진운이 손쓸 틈도 없이 사고를 당한 것이니.

하지만 그래도 이걸로 약간이나마 빚을 갚는다고 생각하기로 한 진운이다.

그렇게 진운과 레이나가 옷을 모두 갈아입고 나오자,

"밴이네?"

잘나간다는 연예인들이 타고 다닌다는 커다란 밴 한 대가 고아원 입구에 떡하니 서 있다.

하지만 어차피 광고이니 연예인 한 명 정도 오는 것은 당연하다고 가볍게 생각해 버린 진운은 별 관심을 두지 않았다.

그렇게 무심하게 진운이 밴의 옆을 그냥 지나 고아원 안에 있는 최미영과 소지훈에게 가려고 걸어가는 순간,

딸각.

밴의 문이 열렸고, 밴 안에서 긴 머리에 이제 스무 살 조금 넘어 보이는 청초한 느낌의 여자가 걸어나오다 진운과 딱 마주쳤다.

"……."

"……."

순간 진운과 여자는 서로 눈이 마주쳤고, 아주 잠깐 멈췄다.

그리고 진운은 아무렇지 않게,

"처음 뵙겠습니다."

하고는 고개를 살짝 숙이고는 그대로 지나갔다.

그리고 진운의 옆에 같이 있던 레이나도,

─처음 뵙겠습니다.

하고는 똑같이 지나가 버린 것이다.

뒤도 돌아보지 않고서 말이다.

"뭐해? 천하의 김아영이 밴 문 앞에서 코디 못 나오게 길 막고 있는 거야?"

"응? 아, 미안해, 언니. 그런데 방금 저 사람들, 연예인이야?"

"응?"

김아영의 코디는 밖으로 나오며 그녀가 가리킨 곳에 있는 진운과 레이나를 봤다.

"처음 보는데?"

"그래, 그보다 언니, 나 별로 유명하지 않나 봐?"

살짝 시무룩한 얼굴로 김아영이 코디에게 말하자 코디가 펄쩍 뛰면서,

"누가? 천하의 김아영을 누가 유명하지 않다고 해? 말해! 언놈이야? 내가 그냥 확!!"

마치 자기가 무시당한 것처럼 펄쩍 뛰는 코디의 모습에 김아영은 싱긋 웃더니,

"아니야. 그냥 내가 그렇게 느꼈나 보네."

"애가 싱겁기는……. 넌 지금 팬클럽 회원만 300만 명이야. 그게 얼마나 대단한 건지 알지?"

왠지 코디가 더 자랑스러워했다.

"그런데 넌 왜 이런 고아원 기부 광고를 찍겠다고 고집을 부려서… 참."

코디는 그렇게 잘나가는 김아영이 어째서 이곳 고아원을 배경으로 사람들이 별로 신경 쓰지 않는 공익광고를 찍겠다고 고집을 부리고, 가뜩이나 빡빡한 스케줄을 더욱 빡빡하게 만드는지 이해를 못하는 듯했다.

하지만 그런 코디와 달리 김아영은 마치 그리운 무언가를 보는 듯한 눈빛으로 고아원을 바라보고 있었다.

"아영아, 서둘러~! 얼른 여기 스케줄 끝내고 잡지사 인터뷰에, 지금 밀린 스케줄만 오늘 4개란 말야."

코디는 천하의 김아영이 공익광고는 그렇다고 쳐도 광고 수익금을 모두 기부하는 것까지 계약서에 쓰여 있는, 어떻게 보면 무상으로 와서 고생만 하다 가라고 대놓고 말하는 계약에 오히려 열을 올리는 것이 불만이었다.

그런 코디와 달리 김아영은 천천히 걸어서 고아원 안으로 들어오더니 누구의 안내도 필요 없다는 듯, 고아원 여러 곳을 돌아다녔다.

그 모습이 너무 익숙해 보였다.

"그대로구나……."

아이들이 먹고 자는 곳인 고아원 본관의 정문에는 나무로

된 현판이 있었다.

이미 낡아 무슨 글자인지도 알아보기 애매하지만, 그 현판을 어루만지는 김아영의 눈길에는 그리움이 스며들어 있었다.

그녀의 손끝에는 누군가가 나무 현판을 파서 새겨놓은 낙서가 있었다.

그녀의 입가에 미소가 걸렸다.

"변한 것 없이 그대로야……."

지금 김아영이 만지고 있는 낙서는 바로 김아영 본인이 만든 것이었다.

그녀의 허리 정도 높이밖에 되지 않는 곳에 있는 작은 낙서지만, 그 당시에는 눈높이였던 기억이 아직도 선명했다.

김아영은 스태프들이 행동을 이상하게 보지 않을 정도로만 고아원을 살펴보고는 촬영장에 마련된 전용 의자로 돌아갔다.

사실 김아영은 이곳 출신, 바로 고아였다.

어릴 때부터 차분하고 이목구비가 뚜렷한 것이 사업을 하던 이곳의 후원자 부부의 눈에 들어 입양이 된 것이다.

워낙에 똑똑하고 차분한 성격이었던 김아영은 입양되면서 성이 바뀌긴 했으나 이름은 그대로 사용할 수 있었다

그녀는 양부모의 뒷바라지에 국내에서 최고로 알아주는 S대

를 들어갔고, 그곳에서도 줄곧 수석을 차지하던 소위 엄친딸 중에서도 최고 수준의 엄친딸이었다.

그러다 우연히 지금 기획사 사장의 눈에 들어 연예계에 데뷔하게 된 것이다.

하지만 김아영과 기획사의 생각보다 김아영이 너무 빨리 스타가 되어버렸다.

S대를 수석 입학에, 줄곧 수석을 유지하던 성적까지, 국민들에게 김아영은 엄친딸의 대표적인 연예인으로 인식이 되었다.

그러자 기획사에서는 김아영이 입양된 고아라는 사실을 우선 숨기기로 했다.

잘나가는 엄친딸이 알고 보니 고아라는 것이 밝혀지면 한창 주가를 올리고 있는 김아영에게 결코 좋지 않다는 판단이었다.

김아영도 현재 양부모를 친부로처럼 생각했기에 기획사의 의도를 따르기로 했다.

엄친딸이라는 이미지와 함께 똑부러지게 연기도 수준급으로 잘하니 한번 오른 스타의 자리에서 부동의 우위를 차지하고 벌써 2년째 국민여배우라는 별명을 달고 다니고 있었다.

하지만 그 덕분에 이처럼 자신이 자랐던 고아원을 찾아오는 것조차 조심스러울 수밖에 없었다.

"…저 사람은?"

의자에 앉아 대기하고 있던 김아영의 눈에 조금 전 얼떨결에 인사를 나눴던 진운이 보였다.

처음에는 그냥 스태프 중에 한명인 줄 알았는데 진운에 손에 들고 있는 것은 자신과 같은 콘티가 그려져 있는 이번 광고용 대본인 것이다.

"배우였나……?"

아무리 국내에 배우가 많다고 하지만 김아영이 보기에 진운 정도의 외모면 금방 두각을 나타낼 만했다.

그럼에도 들어본 적도 없는 사람이기에 호기심이 생겼다.

물론 진운의 훈훈한 외모도 영향을 까쳤겠으나, 김아영은 무엇보다 잊을 수 없는 것이 있었다.

밴에서 나오다 그와 마주쳤을 때, 바로 그 눈.

마치 호수처럼 맑고 깊은 그 검은 눈동자가 매우 인상적이어서 기억에 선명히 남아 있었다.

지금까지 배우 생활을 하면서 여러 미남 배우들도 만나봤지만, 진운의 눈동자처럼 맑고 깊다고 느낀 사람은 처음이었던 것이다.

"진아!! 여기서 연습하자."

그는 훈훈한 외모와는 달리 이런 곳이 처음인 듯 자신이 있을 자리를 찾지 못하고 두리번두리번거리고 있었다.

허둥대며 왕초보 티를 팍팍 내는 그에게 어떤 여성이 다가와서 팔을 잡아채 데리고 갔다.

'매니저인가?'

그녀는 최미영이었다. 최미영에게 끌려가듯 하는 진운의 태도에 김아영은 자신도 모르고 웃고 말았다.

그러다 진운 바로 옆에서 조신히 따라가는 한 명의 여성을 보았다. 바로 레이나였다.

뭐, 특별하게 진운을 보고 첫눈에 반했다는 그런 것은 아니었기에, 레이나 정도 되는 절대미녀를 보고도 김아영은 동요하지 않았다.

그저,

"연인인가 보네……. 그보다 진이라면 이름이 외자인가?"

최미영이 진운을 부를 때 줄여 부르는 애칭을 듣고는 김아영은 진운의 이름을 외자인 '진'으로 오해했다.

한편 최미영에게 끌려서 자리를 찾은 진운과 레이나는 플라스틱 의자와 탁자에 앉아 잔소리를 들었다.

"곧 있으면 촬영에 들어갈 거야. 그새 대본 정도는 외울 수 있지?"

말은 부드럽고 얼굴은 웃고 있었으나 숫제 협박에 가까운 압박이었다.

"알았어요, 뭐. 초보인데 몇 번 NG 냈다고 욕하진 않겠지."

진운은 애초에 자신이 원한 것도 아니기에 적당히 욕먹지 않을 정도만 할 생각이었다.

대본을 보니 실제로 광고의 80%는 다른 주연 연기자가 따로 있는 상황이었던 것이다.

한마디로 진운과 레이나는 그냥 옆에서 들러리 서거나 잠깐 광고에 비치는 수준의 출연이었다.

어떻게 보면 엑스트라에 가까울 정도로 비중이 적었다.

그것을 촬영지에 와서야 알게 된 진운은 괜히 최미영이 얄밉게 느껴졌다.

하지만 이왕 하기로 한 이상 최미영이 원하는 수준으로만 맞춰줄 생각이었다.

사실 생각보다 비중도 너무 적어서 진운이 걱정할 만한 상황은 벌어지지 않을 것 같다는 판단이 섰기에 마음을 편하게 먹기로 한 것이다.

진운은 레이나와 둘이서 대본을 맞춰가면서 연습을 함과 동시에 눈치껏 촬영장이 돌아가는 상황을 눈으로 익혔다.

―확실히 역동적이네.

레이나는 이미 대본을 모두 외운 상태였다.

때문에 나머지 시간을 광고 촬영을 위해 분주하게 움직이는 여러 사람의 모습을 눈에 담아내는 것에 열중하고 있었다.

특히나 감독으로 보이는 사람의 명령 하나에 일사분란하게 수십 명이 움직이고 바쁘게 뛰어다니니, 보고 있던 레이나는 감탄했다.

―진운.

"응?"

―저들은 무엇 때문에 저렇게 역동적으로 살아갈 수 있는 거지?

"응?"

진운은 레이나의 말에 대본에서 눈을 떼고, 촬영장을 살폈다.

확실히 레이나가 말한 대로 촬영장은 마치 총알이 없는 전쟁터를 방불케 할 만큼 어지러운 모습이었다.

아직 본격적으로 광고 촬영이 시작하지도 않은 상황이기에 조명부터 카메라 위치와 음향 등, 여러 가지 변수로 인해 몇 번이고 재촬영을 할 수도 있으니 다들 잔뜩 긴장하고 있는 것이다.

물론 그런 모든 것이 진운이 보기에는 힘들어 보였다.

하지만 그 모습이 결코 힘든 것만은 아님을 진운도 잘 알고 잇었다.

"자기가 좋아서 하는 거니까."

―좋아… 서?

레이나는 진운의 말에 의외라는 듯한 표정이었다.

"레이나도 만약에 레이나가 좋아하는 일을 하면서 평생을 산다고 생각해 봐. 그게 과연 힘들고 어렵기만 할까? 아니면 즐겁고 보람 있을까?"

―…좋아서 하는 일이라……. 난 잘 모르겠는데.

엘프인 레이나에게는 태어날 때부터 하이엘프로서 엘프들을 지키고 통솔해야 하는 운명이 있었다.

즉, 레이나는 태어나면서부터 자신이 해야 할 일과 해서는 안 되는 일이 정해져 있는 것이다.

하지만 이곳의 인간들은 전혀 그렇지 않아 보였기에 레이나는 힘들어하고 괴로워하면서도 결코 그걸 내색하지 않는 촬영장의 스태프들의 모습에 감동할 수밖에 없었다.

레이나에게는 지금까지 살면서 자신이 하고 싶은 일이라는 것이 존재하지 않았으니 말이다.

―진운.

"응?"

―진운도 하고 싶은 일이 있어?

"응, 나도 있어."

진운이 웃으면서 대답하자 레이나가 갸웃거리며 물었다.

—복수를 빼면?

현재 진운은 복수에 모든 것을 걸고 있다.

그것은 제외하자 진운도 레이나만큼 난감한 표정으로 변했다.

“쩝……. 원래 난 조용한 카페나 하나 차려서 사는 게 꿈이라면 꿈이었어. 옛날에는 말야.”

지금은 언제 이룰지 모르는 진운의 작지만 소박한 꿈이기도 했다.

하지만 그런 진운의 말에 레이나는 잠시 생각하더니,

—진운, 난 내가 하고 싶은 것이… 무엇인지 모르겠어.

“있을 거야.”

진운은 설마 레이나 정도의 능력을 가진 엘프가 하고 싶은 것이 없을 리가 없다고 지레짐작하고는 별 대수롭지 않게 말했다.

하지만 그와 달리 레이나는 심각하게 생각하는 중이었다.

—과연 내가 하고 싶은 것이 뭐지? 종족을 위한 것 외에 내가 하고 싶은 것…….

레이나는 뜻하지 않게 자신의 가치관이 흔들리는 경험을 하고 있는 중이었다.

대륙에서는 호시탐탐 엘프를 노리는 인간들을 상대로 평

범한 엘프들 대신 싸웠고, 동시에 엘프들의 존속을 책임지는 하이엘프였다.

그 때문에 인간과 거의 구분할 수 없는 외모를 가지고 있었다.

하지만 이곳에는 레이나가 지켜야 하는 종족도 없었고, 엘프를 노리는 인간은 더더욱 없었다.

그러자 자연스럽게 엘프의 적이라는 인간이 아닌, 자신의 삶을 살아가는 인간의 모습을 보게 된 것이다.

그리고 그와 동시에 아주 간단하지만 지금까지 전혀 생각지도 못했던 문제를 찾아낸 레이나였다.

문제이긴 하지만 어떻게 보면 문제가 아니기도 한, 생각하기에 따라서 여러 가지 의미를 가질 수 있는 일이었다.

'서두를 일은 아니겠지……'

레이나는 당장 깊이 생각하지 않기로 했다.

인간들의 삶을 보면서 느낀 고민이니, 해답 또한 그들의 삶 속에 있으리라.

이곳에서 인간들과 함께 살아가다 보면 알 수 있지 않을까.

그런 막연한 생각이었지만, 그것만으로 레이나의 마음은 진정이 되었다.

그렇게 레이나가 뜻하지 않은 곳에서 스스로의 존재의미에 대한 고민을 하고 있을 때.

진운과 그녀가 마주쳤던 청초한 미녀가 카메라 앞으로 걸
어 나오면서 광고 촬영이 시작되었다.
"카메라~ 스타트!!"

『바벨의 탑』 3권에 계속…

기사도
chivalry

요람 판타지 장편 소설
FANTASY FRONTIER SPIRIT

2012년, 『제국의 군인』의 요람,
그의 새로운 이야기가 시작된다!

같은 세계, 또 다른 이야기!

몰락해 가는 체르니 왕국으로 바람이 분다.
전쟁과 약탈에 살아남은 네 남매는 스승을 만나고
인연은 그들을 끌어올려 초인의 길에 세운다.
그렇게 그들은 기사가 되었고
운명을 따라 흉성을 가진 루는 자신의 기사도를 세운다!

명왕기사(明王騎士) 루.

그가 세우는 기사도의 길에 악이란 없다!